Bianca

Lucy Ellis

Reglas quebrantadas

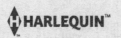

HARLEQUIN

Editado por HARLEQUIN IBÉRICA, S.A.
Núñez de Balboa, 56
28001 Madrid

© 2012 Lucy Ellis. Todos los derechos reservados.
REGLAS QUEBRANTADAS, N.º 2182 - 12.9.12
Título original: Untouched by His Diamonds
Publicada originalmente por Mills & Boon®, Ltd., Londres.

I.S.B.N.: 978-84-687-0362-6
Depósito legal: M-23664-2012
Editor responsable: Luis Pugni
Fotomecánica: M.T. Color & Diseño, S.L. Las Rozas (Madrid)
Impresión en Black print CPI (Barcelona)
Fecha impresion para Argentina: 11.3.13
Distribuidor exclusivo para España: LOGISTA
Distribuidor para México: CODIPLYRSA
Distribuidores para Argentina: interior, BERTRAN, S.A.C. Vélez
Sársfield, 1950. Cap. Fed./ Buenos Aires y Gran Buenos Aires,
VACCARO SÁNCHEZ y Cía, S.A.
Distribuidor para Chile: DISTRIBUIDORA ALFA, S.A.

Capítulo 1

CLEMENTINE volvió la vista al pasar por delante del escaparate y prácticamente pegó la nariz al cristal.

Lujuria; eso era lo que sentía. Verdadero deseo.

En el escaparate estaba su fantasía de Ana Karenina. Unas botas rusas de ante que llegaban hasta el muslo.

Se dijo a sí misma que solo le quedaba un día en San Petersburgo. Se merecía algo para recordarlo.

Cinco minutos más tarde estaba sobre la alfombra gastada de color rojo del interior, deslizando un pie y después el otro dentro de su sueño. Se sentía como Cenicienta probándose sus zapatos de cristal. La verdadera prueba era subirse la cremallera hasta más allá de las rodillas. Medía un metro ochenta y su altura se debía en parte a sus piernas.

Estuvo a punto de dar un grito de alegría cuando la cremallera comenzó a subir.

–Puede subir más –dijo la chica arrodillada ante ella–. ¿Lo intentamos?

Hablaba inglés, pero en aquellas tiendas de lujo todo el mundo lo hablaba.

Sin dudar, Clementine se levantó la falda de cuero y se sintió algo pícara al dejar ver su ligero. Se agachó y se abrochó las botas hasta que el ante acarició la cara interna de su muslo.

Sus piernas parecían increíblemente largas con la falda

de cuero arrebujada en sus caderas. Absorta en su propio reflejo, estiró una pierna y acarició la piel con suavidad. Por el rabillo del ojo advirtió un movimiento tras ella en el espejo, levantó la cabeza y se encontró con la mirada de un hombre que había en la puerta.

No estaba holgazaneando en la puerta, ni acechándola. Estaba llenando el hueco a propósito, anunciando su presencia.

Y estaba mirándola directamente.

Debía de sacarle una cabeza de altura y tenía una complexión acorde con ello. Clementine habría apostado sus últimas bragas de diseño a que aquel cuerpo era cien por cien músculo.

Era todo un espectáculo. Ya no se hacían hombres así.

Tal vez en siglos anteriores, cuando los rusos iban a la guerra con mosquetes, o tal vez antes, cuando tenían que apalear a los animales y despellejarlos para alimentar a sus familias. Oh, sí, podía imaginárselo medio desnudo, con arañazos de garras en la espalda y en el pecho, cabalgando por las estepas. De hecho esa última parte podía imaginársela bastante bien.

Pero en la actualidad, en la era de la tecnología y de la liberación de la mujer, ya no se necesitaban hombres así.

Salvo en la cama. Un inesperado torrente de calor ascendió por su cuerpo.

«Imagina si te pusieras las manos encima».

«Imagina que fuera él quien te ajustara las botas».

Miró hacia el espejo y vio que el cosaco no se había movido ni un centímetro, pero instintivamente supo que había movido algunos músculos porque la mirada en su rostro se parecía a la suya: absoluta fascinación. Por ella. Fascinación sucia y masculina. Como si ella fuese su propio espectáculo sexual.

Clementine sintió su mirada en su cuerpo como una quemadura, deslizándose por la cara interna de su pierna desnuda. Era casi tan excitante como si estuviera tocándola de verdad.

Debía cubrirse, pero después de un año portándose bien, disfrutaba de la atención. Era inofensivo. Si aquel tipo deseaba mirar, que mirase. No era como si pudiera ponerle las manos encima. Eran desconocidos. Era un lugar público. Estaba a salvo.

Estaba disfrutándolo.

Se agachó lentamente y dobló una de las solapas de las botas para mostrar su muslo desnudo, después el otro. Entonces se bajó muy despacio el cuero arrebujado en torno a sus caderas hasta estirarse la falda, centímetros a centímetro, como había visto hacer a muchas modelos frente a la cámara, hasta que quedó decentemente cubierta.

Fin del espectáculo.

Era hora de pagar sus artículos, volver al nido de ratas en el que se hospedaba e intentar dormir un poco. Pero cuando volvió a mirar hacia el espejo, el cosaco seguía allí, soportando el mundo sobre esos hombros grandes. Se había cruzado de brazos y Clementine advirtió unos músculos poderosos bajo la tensión de su chaqueta.

Se le aceleró el pulso. Aquel hombre era la fantasía de cualquier mujer, y también daba un poco de miedo; no solo por su tamaño. Con aquella intención tan evidente, daba la impresión de que estuviera esperándola.

Un escalofrío recorrió su cuerpo como una descarga eléctrica, pero Clementine se obligó a moverse y sacó de su bolso el equivalente al coste de sus comidas durante el resto de la semana para pagar las botas.

–Tiene un admirador –dijo la chica, mirando hacia

la puerta mientras guardaba sus zapatos viejos en una bolsa.

–Probablemente sea un fetichista de los zapatos –murmuró Clementine, aunque no pudo evitar sonreír mientras lo decía.

Tomó aliento, se dio la vuelta y se dirigió hacia la puerta, pero entonces descubrió que él ya no estaba allí. Se quedó parada en la entrada, vacilando durante un instante, decepcionada.

Salió a la calle y balanceó su bolsa mientras caminaba hacia el sur; fue entonces cuando lo vio. Apoyado en una limusina, con los pulgares en los bolsillos, dirigiéndole una mirada más lenta o más rápida dependiendo de la parte del cuerpo que estuviera contemplando. Clementine se quedó sin aire y el corazón se le aceleró.

«De acuerdo, Clementine, sigue caminando», se dijo a sí misma. «No vas a ir y presentarte». Los tipos vestidos así con limusinas eran un territorio en el que no quería adentrarse. Ya había tenido algún roce con hombres así. Nunca más. La industria en la que trabajaba estaba plagada de mujeres que se aprovechaban de su atractivo para conseguir cierto estilo de vida. Ella no era de esas y no iba a empezar en aquel momento.

Serge se fijó en el bamboleo de sus caderas mientras caminaba, y en aquellos muslos sensacionales envueltos en ante y medias. Sabía qué era lo que sujetaba aquellas medias; un delicado ligero azul oscuro.

Acababa de salir de la joyería Krassinsky's, donde había dejado los gemelos de boda de su padre para que los reparasen, y estaba atravesando el atrio *art nouveau* que conectaba varias tiendas de moda de aquel edificio cuando la había divisado a través del escaparate.

Una joven doblada hacia delante, con la falda de cuero arrebujada en torno a las caderas, tan cómodamente en mitad de la tienda como si hubiera estado en su tocador, moviendo de forma provocativa su trasero envuelto en cuero burdeos. Había visto dos franjas de piel blanca entre la falda y las medias, sujetas con un delicado liguero.

Aquello le había dejado clavado al suelo.

Cuando había comenzado a subirse las botas, la lujuria le había golpeado como un rayo.

Si hubiera parado ahí, tal vez Serge se hubiera marchado, pero de pronto había levantado una pierna y él había podido ver la cara interna de su muslo; esa curva carnosa y suave en la pierna de una mujer, prominente gracias a la presión de las medias aferradas a sus piernas. Serge había tragado saliva cuando la mujer había comenzado a subirse la bota hasta ese punto.

En ese momento ella había levantado la cabeza y sus miradas se habían encontrado a través del espejo. Se había quedado quieta. Tenía la cara en forma de corazón, con una boca grande y la barbilla afilada. Serge había esperado su reacción y había sido recompensado con una sonrisa privada. Después ella se había agachado y le había enseñado la parte de arriba de los muslos. Solo a él.

Porque todo el espectáculo había sido para él. Ella sabía que estaba mirándola.

Lo cual hacía que resultase más excitante.

Al deslizar la falda hacia abajo, Serge había sabido que estaría pensando no solo en aquellos muslos, sino también en esa sonrisa el resto del día.

La mujer había desviado su atención hacia la vendedora y eso le había servido de escarmiento. Aquello no era Ámsterdam. Ella no estaba en el mercado ni era su tipo. El look de prostituta nunca le había interesado, y cualquier excitación que pudiera haber sentido ella con la experiencia ya había acabado.

Se había marchado, pero, al entregarle su bolsa al chófer, se había quedado junto al coche, esperando solo para verla salir. Curioso, interesado.

La mujer salió del edificio con aquellas ridículas botas y Serge recibió todo el impacto de una *pin-up* de los años cincuenta. Una melena castaña dorada, unos hombros estrechos, pechos voluptuosos, caderas curvilíneas y una cintura delgada. Sus piernas eran fuertes y largas. Muy largas.

El realista que llevaba en su interior le dijo que debía dejarla ir. Tenía cosas que hacer, lugares a los que ir, y tampoco era que no pudiera encontrar a otra mujer que calentara su cama.

Pero entonces ella se movió y él se olvidó de todos los planes que tenía para el resto del día.

Supo el momento exacto en que ella lo vio. Dejó caer las pestañas y simplemente siguió caminando, comiéndose el pavimento con aquellas botas infames. Su falda de cuero se movía provocativamente sobre su trasero. En pocos minutos habría desaparecido, se habría perdido entre la multitud de última hora de la tarde.

Como si hubiera notado su indecisión, ella eligió ese momento para girar la cabeza por encima del hombro y dedicarle una sonrisa de la que la Mona Lisa habría sentido envidia. Sutil, pero ahí estaba. «Ven a buscarme», pensó.

Entonces desapareció con un golpe de melena.

Serge se apartó del coche y, tras ordenarle a su chófer que lo siguiera, fue tras ella.

Clementine no había podido evitarlo. Había mirado una última vez por encima del hombro y, al ver que el hombre seguía mirándola, había sonreído. Al parecer eso fue suficiente, porque ahora iba tras ella.

Instintivamente aceleró el paso y sintió la anticipación en su cuerpo.

Cuando volvió a mirar, él seguía allí. Era imposible no verlo; un hombre guapo, más alto que el resto, con el pelo castaño cayéndole revuelto sobre las sienes. Con la luz del sol podía ver la leve sombra de donde se había afeitado, y el corte cuadrado de su barbilla, y la valentía de su sonrisa cuando la pilló mirando.

No debería estar fomentando aquello. Debía darse la vuelta en mitad de la calle y enfrentarse a él. Pero no lo hizo. Aminoró la velocidad y siguió caminando con un bamboleo más descarado de sus caderas.

Volvió a mirar. Seguía allí, pero no se acercaba. Clementine se sentía relativamente a salvo.

Serge se detuvo un instante cuando la mujer cambió de dirección. Cruzó la calle contra el tráfico frenético y se ganó algunos pitidos y sonidos de frenos de los conductores; probablemente más por la visión de aquellas piernas largas que por haber infringido la ley.

Tenía una energía en el cuerpo que se traducía en la manera de andar más sexy que Serge había visto jamás en una mujer. Y lo que más llamativo le resultaba era el hecho de que ella pareciese completamente ajena al caos que provocaba a su alrededor.

No deseaba perderla.

Clementine se arriesgó a mirar una vez más por encima del hombro, pero no pudo verlo. Decepcionada, aminoró el paso mientras volvía a la realidad. Se había acabado el juego. Maldición.

Frente a ella estaba el paso subterráneo. Odiaba aquellos túneles lúgubres y nunca se sentía del todo segura en ellos, pero era la única ruta que conocía. Las botas empezaban a rozarle y, sin la distracción de aquella ridícula fantasía sexual, las preocupaciones del día comenzaban a agolparse en su cabeza.

Serge se quedó de pie en el bordillo y la observó mientras ella comenzaba a bajar al paso subterráneo. Vio el peligro en un instante y, sin dudarlo, salió corriendo tras ella.

Bozhe, esa mujer corría riesgos. Sabía que él iba tras ella y ahora dos hombres la seguían, excitados con aquellas caderas maravillosas, pero ella seguía caminando, perdida en su pequeño mundo.

No debía salir sola. Corrió hacia el paso subterráneo y se dirigió hacia el tipo que ya se disponía a quitarle el bolso.

Agarró al asaltante del cuello y lo arrastró hacia atrás.

Resultaba satisfactorio usar su cuerpo para algo que no fuera estar sentado en un avión o en un coche. Estaba en forma; el boxeo y el atletismo se encargaban de eso. Pero llevaba la pelea en la sangre y hacía años que no se peleaba.

Aunque no demostró ser un gran desafío. El primer asaltante lanzó un puñetazo que él bloqueó.

En vez de ser lista y salir corriendo de allí, la mujer lanzó un ataque con el bolso y se lo estampó en la nuca al hombre más cercano a ella.

Eso le distrajo y el primer atacante lanzó un puñetazo que le rozó la cara. Serge le asestó un golpe fuerte

y después acorraló al otro, que se movió deprisa y agarró el bolso que ella agitaba como si fuera un palo.

Al menos no era estúpida. Soltó el bolso y el tipo salió corriendo. El que estaba en el suelo se puso en pie y
huyó también.

–¡Le has dejado ir! –gritó ella.

Serge se encogió de hombros y se frotó la mandíbula
magullada. No le apetecía explicarle que la única manera de mantenerlos allí habría sido hacerlos picadillo,
ni decirle que solo pensaba en su seguridad. En vez de
eso, optó por una frase más socorrida.

–¿Estás bien?

–¡Se han llevado mi bolso!

Extranjera. ¿Británica? Su tono de voz era bajo, ligeramente rasgada.

–Tienes suerte de que eso sea lo único que se han
llevado –respondió él en inglés–. Estos pasos subterrá-
neos no son seguros. Si hubieras leído tu guía, *moya
krasavitsa*, lo sabrías.

Ella lo miró con unos ojos grises llenos de reproche.

–¿Así que es culpa mía?

Tenía las manos en las caderas, lo cual hacía que su
blusa de satén blanca se estirase sobre sus pechos.
Bozhe, se apreciaba el encaje negro bajo el blanco. Era
una provocación andante a la libido masculina. ¿Qué
esperaba que le sucediese si iba por ahí vestida así?

Extrañamente, Serge deseaba quitarse la chaqueta y
ponérsela sobre los hombros, lo cual simplemente echa-
ría a perder la vista.

De cerca, ella no era exactamente lo que había esperado. Era mejor, pero de un modo menos descarado y
más femenino, y cuanto más la miraba más cosas comenzaban a saltar a la vista. De cerca parecía más joven
de lo que había imaginado; más cerca de los veinte que

de los treinta. Era todo aquel maquillaje. No lo necesitaba. Su piel era exquisita, como un melocotón maduro.

–¿Qué voy a hacer? –preguntó ella.

Serge tenía la respuesta a esa pregunta, pero esperaría a que ella lo sugiriera.

Con las manos aún en las caderas, caminó unos pasos en dirección contraria, después se volvió y lo miró directamente a los ojos por primera vez. Parecía algo más calmada, y tenía una cara más interesante que atractiva en el sentido convencional. Tenía unas pestañas gruesas, ojos grises de un tono claro y la nariz cubierta de pecas.

Resultaba adorable.

–Lo siento –dijo con seriedad–. He sido muy grosera contigo. Gracias por asustarlos. No tenías por qué hacerlo, pero ha sido muy considerado.

Serge no se había esperado aquello; y tampoco su sinceridad. Se encogió de hombros.

–¿Los hombres no van detrás de las mujeres en tu país, *kisa*?

–Supongo que sí –respondió ella, y entonces le dedicó una de sus sonrisas–. Aunque no detrás de mí. Pero gracias de nuevo.

Sin más se marchó. Llevaba los brazos rígidos y ligeramente separados, como si estuviera manteniendo el equilibrio, lo que le recordó que acababa de experimentar un susto.

No podía creer que fuese a marcharse.

–¡Espera!

Ella miró por encima del hombro.

–¿Puedo llevarte a algún sitio?

Ella vaciló, lo miró con esos ojos de ciervo y dijo:

–No, creo que no. Pero gracias, mi héroe.

Y siguió caminando.

Capítulo 2

INCREÍBLE...

Clementine saltó un charco y se dirigió hacia la luz al final del paso subterráneo, maldiciendo en voz baja. Intentó centrarse en los aspectos prácticos. Tendría que encontrar la embajada. Tendría que pedirle dinero a su amigo Luke. Tendría que llamar a su banco en Londres. Haría todo aquello después de sentarse y llorar un poco.

Su bolso era su vida.

Era culpa suya. Normalmente era más lista en la calle. Pero iba tan absorta en su pequeña fantasía con el cosaco que no había prestado atención. También había echado eso a perder. Había estado demasiado agitada, demasiado asustada como para hacer algo que no fuera intentar bloquearlo y apartarse de la situación incluso después de que él hubiera acudido en su ayuda.

El corazón le dio un vuelco al pensarlo. Había estado magnífico. Se había encargado de todo. No se encontraban tipos así en Londres.

La luz le golpeó la cara y, mientras tiraba hacia debajo de su falda, Clementine comenzó a subir los escalones. Tenía frío a pesar del sol, y eso también era culpa suya. Debería haberse quitado aquel ridículo vestido que a Verado le gustaba que llevase. Pero no había habido tiempo y había dejado la bolsa con su ropa en la tienda, y ahora iba caminando por las calles de San Petersburgo con unas botas maravillosas, pero con menos ropa de la que le hubiera gustado.

Salió a la calle y corrió hacia un quiosco cercano, donde se sentó. Estaba temblando, y no tenía mucho que ver con la falta de capas de ropa. Imaginaba que sería el shock postraumático, pero también se sentía desnuda sin su bolso, vulnerable. Estaba acostumbrada a depender de sí misma, y aquel bolso tenía todo lo necesario para estar a salvo. Empezaba a desear no haber ahuyentado al cosaco.

No tenía sentido regresar a su habitación. Tenía que volver al centro y encontrar a Luke.

Fue entonces cuando vio la limusina. Estaba parada al otro lado de la calle, con una de las puertas abiertas. Y entonces lo vio caminando directamente hacia ella. Se había quitado la chaqueta y tenía las manos en los bolsillos, de modo que el tejido de su camisa azul se estiraba sobre su torso y su abdomen musculosos. Clementine dejó de pensar por un momento. Parecía poderoso, y no era solo por su tamaño. Era la manera en que caminaba, con una inmensa seguridad en sí mismo, y su respuesta controlada a todo lo que sucedía a su alrededor, como le había demostrado en el paso subterráneo.

Pero en aquel momento le estaba dedicando todo su interés masculino. Clementine se decía a sí misma que podía manejar a los hombres, pero su instinto femenino le decía que no podría manejar a aquel hombre en absoluto.

Era tan masculino que podría haber sido de otra especie.

Hombros grandes, brazos grandes, muslos duros, largos y firmes que avanzaban hacia ella.

Había machacado huesos por ella, derramado sangre.

–Vamos, sube. Te llevaré donde quieras ir –dijo él abruptamente con voz profunda y deliberada.

Ella se quedó sentada allí, mirando hacia arriba, intentando dejar atrás la inseguridad y recuperar su determinación.

Él levantó aquellas manos grandes.

–Soy un buen tipo. No quiero hacerte ningún daño. Necesitas ayuda, ¿verdad?

–Verdad –contestó Clementine suavemente, distraída por la intensidad de sus ojos verdes.

–¿Te hospedas lejos de aquí?

Clementine sabía que no debía decirle nada y rechazar su ofrecimiento. Pero la había ayudado. Se había puesto en peligro por una desconocida. Era un buen tipo. Era un hombre muy, muy sexy. Así podría pasar un poco más de tiempo con él. Y estaba muy cansada de cuidar de sí misma. No le haría ningún daño aceptar.

–¿Sabes dónde está la embajada australiana?

–La encontraré.

Y ella lo creyó.

Serge le dio indicaciones al chófer, vio cómo aquellas piernas largas se doblaban para entrar en su coche, se metió tras ella y observó cómo se arrastraba hasta el otro extremo del asiento para crear distancia entre ellos. Después se inclinó hacia delante y se agachó.

Empezó a desabrocharse las botas.

Las solapas de cada bota cayeron hacia los lados y ella sacó un pie, después el otro, hasta dejar ver sus piernas largas envueltas en aquellas medias que brillaban como la seda. Su actividad parecía natural, como si a él no pudiera interesarle de ninguna manera, pero evi-

dentemente tenía que saber lo que estaba haciendo. Se
retorció los dedos de los pies y entonces lo miró.

–Lo siento, cariño –dijo–. Son nuevas y me rozan.

Juntó las rodillas y cruzó las manos sobre su regazo
como una dama.

Era increíble.

–¿Eres australiana? ¿De Sídney? –su propia voz sonaba rasgada, y le sorprendió su susceptibilidad a aquella mujer.

–De Melbourne –contestó ella con una sonrisa sin
mirarlo a los ojos. Fue una sonrisa muy sutil. Mantuvo
los labios apretados, como si estuviera guardando un
secreto.

Si tan solo dejase de frotarse una rodilla contra la
otra. El sonido del tejido al rozarse resultaba muy esti-
mulante para su imaginación.

–Qué lejos. ¿Y qué haces en San Petersburgo? ¿Negocios o placer?

–Ambas cosas. Estoy aquí trabajando –se encogió de
hombros como si no fuera importante. Aquellos labios
se separaron en una sonrisa más abierta–. Pero soñaba
con venir aquí. Es tan romántica y tan llena de historia.

–¿Y te gusta lo que has visto hasta ahora?

–Mucho –le dirigió una mirada de reojo que dejó
claro que no estaba hablando de la ciudad, y aquello au-
mentó la temperatura dentro del coche. Apartó la mirada y fingió mirar por la ventanilla, dejando al descubierto su cuello largo y blanco.

Serge se quedó mirando los mechones dorados que
acariciaban su piel y decidió ir al grano.

–¿Cuándo te marchas?

Ella le devolvió la mirada, le dejó ver aquellos ojos
grises, más oscuros ahora que la primera vez que los había visto.

–Mi contrato acaba mañana.

Dos días. Perfecto.

–Es una lástima –musitó él.

–¿A qué te dedicas? –preguntó ella–. Quiero decir que debes de tener un buen trabajo. Vas por ahí en una limusina –se rio nerviosamente–. O eres rico u otra cosa.

Fue él quien se rio entonces, y vio que el pulso del cuello se le aceleraba.

–U otra cosa –murmuró, lo cual pareció intrigarla.

–No serás uno de esos que se hacen millonarios de la noche a la mañana, ¿verdad, cariño?

–*Nyet*, siento decepcionarte. Trabajé muy duro para conseguir mi primer millón.

–Claro –aquellas manos esbeltas se movieron nerviosamente sobre su regazo. Obviamente se sentía atraída por él, pero el dinero ayudaba. Su cínico interno se encogió de hombros.

–Este es el momento adecuado para pedirte, si no estás ocupada, que cenes conmigo esta noche.

Literalmente vio cómo ella tragaba saliva. Se humedeció el labio interior, lo cual llamó su atención sobre los contornos de su boca.

–Trabajas deprisa, lo reconozco –dijo.

–No me has dado mucho tiempo.

–Oh, no creo que eso te detenga.

–Pocas cosas me detienen, *kisa*.

Ella se encogió de hombros y un brillo perverso apareció en sus ojos grises.

–Está bien, mi héroe, veremos cómo lo haces.

Un desafío. Y a él le encantaban los desafíos.

Era evidente que a aquella chica le gustaban los juegos, por muy precavida que estuviese siendo en ese instante. Era razonable preguntarse con cuántos hombres habría jugado.

Serge vaciló.

¿Acaso importaba?

Aquel era su tipo favorito de mujer. Una mujer con brillo en la mirada y voluntad de divertirse. Sin ataduras, sin dramas. Sin aquello de «felices para siempre».

Aquella chica era ese tipo de mujer.

La miró descaradamente de arriba abajo. En respuesta ella le sorprendió. Se agarró las manos sobre su regazo y sus hombros se tensaron. Aquella sonrisa de Mona Lisa apareció y desapareció en un segundo.

Escarmentado, Serge echó el freno a su imaginación desbocada.

Era un recordatorio de que tenía que ser amable, considerado y caballeroso, como lo sería con cualquier otra mujer.

Y cuidar de ella hasta que se despidieran pocos días más tarde.

Iba a tener una cita con el cosaco.

La imaginación de Clementine comenzaba a galopar libremente, pero antes de hacerlo tal vez debiera aprovechar la oportunidad de aclarar algunas cosas. Pero ¿qué iba a decirle? «¿No tengo por costumbre realizar numeritos sexuales para desconocidos? ¿He accedido a cenar, pero eso es todo? ¿Soy una buena chica?».

Pero verdaderamente él la había invitado a cenar, ¿verdad?

Y la había rescatado.

Eso era mucho. Clementine aún se ponía nerviosa al recordarlo.

Y, sinceramente, ¿hasta qué punto era una buena chica?

Había que recompensarlo.

Una pequeña sonrisa se asomó a sus labios.

Tenía que pensarlo con calma. Había visto el modo en que la miraba, como si estuviera haciendo un inventario sexual de las partes que le gustaban. Ella ya sabía hacia dónde conducía esa carretera y no quería recorrerla de nuevo. Ni siquiera por un cosaco cuyos increíbles ojos verdes hacían que le temblasen las rodillas y se le endurecieran los pezones.

Él tenía el brazo estirado sobre lo alto del asiento, de modo que su mano se encontraba a escasos centímetros de su hombro. Se había sentado de manera que estaba mirándola, con las piernas estiradas. Sin la chaqueta, Clementine podía apreciar el ancho de sus hombros y lo plano de su abdomen bajo la camisa azul. Se le hacía la boca agua.

¡Por el amor de Dios, tenía que poner fin a aquello! Ni siquiera sabía su nombre, ni él el suyo. Al menos podría remediar eso.

—Soy Clementine Chevalier, por cierto —dijo ofreciéndole la mano.

—Clementine —su nombre sonaba de maravilla con aquel acento. Él le agarró la mano y se la llevó a los labios, lo que le produjo un escalofrío por todo el cuerpo y sacó a la princesa que llevaba dentro—. Yo soy Serge. Serge Marinov —«Serj», pronunció ella mentalmente para practicarlo. Era demasiado sexy. Estaba perdida.

La expectación vibraba en el aire. El coche se había detenido. Clementine se dio cuenta de que ya no se movían y de pronto volvió a la realidad. Alcanzó sus botas.

—Gracias por traerme —incluso a ella misma le pareció que le faltaba la respiración—. ¿Te doy mi dirección o nos encontramos en alguna parte?

—Yo te recogeré —respondió él, como si fuera la

única respuesta lógica–, y creo que deberías dejar que yo me encargue de la embajada.

De acuerdo. No iba a discutirle eso.

–Realmente deseas esta cita –observó ella mientras él le abría la puerta y la ayudaba a salir.

–¿Cómo lo estoy haciendo? –preguntó Serge con una sonrisa.

–¿Cómo crees? –adoptó un bamboleo femenino en sus caderas y caminó delante de él hacia el edificio, divirtiéndose demasiado.

La gente los miraba.

Probablemente se preguntarían que hacía una chica como ella con un hombre como él.

Ella se preguntaba lo mismo.

Clementine se había imaginado las colas, las esperas interminables y los cuestionarios. Aparentemente Serge Marinov no vivía en ese mundo. Vivía en un universo paralelo en el cual te llevaban arriba, a un lujoso despacho, en el cual te ofrecían té, café o algo más fuerte, donde aparecía una funcionaria vestida con traje cuya mirada se iluminaba al ver a Serge. La mujer parecía muy lista y elegante, y flirteaba de una manera muy discreta, lo cual le produjo a Clementine un vuelco en el estómago. Sabía que las mujeres debían de adularlo todo el tiempo.

Sin embargo él la había salvado de quién sabía qué en aquel paso subterráneo, y le había pedido que cenara con él, y ahora estaba haciendo que una situación difícil se evaporase. Se estaba encargando de todo. Y en cuestión de media hora, Clementine lo tenía todo resuelto: pasaporte, visado, cuenta bancaria. Todo listo.

–¿Quién diablos eres? –preguntó mientras bajaban por las escaleras de mármol de la embajada. El edificio era viejo y estaba desgastado, pero el interior había sido en otra época un precioso ejemplo del clasicismo de principios del siglo XIX. En cualquier otra situación, Clementine se habría quedado para apreciarlo todo, pero en ese momento lo único que le interesaba era el hombre que tenía al lado.

–Tengo algunos contactos en la ciudad –respondió él–. ¿Dónde te llevo ahora?

«Donde quieras», dijo una voz en su interior. Pero su parte aburrida de chica de clase media le dio su dirección y advirtió la desaprobación de él.

–¿Eso hace que te desvíes mucho de tu camino?

–No es una zona especialmente buena.

–A tu coche no le pasará nada –le aseguró ella–. Quiero decir que puedes dejarme e irte.

Eso hizo que él se detuviera en seco.

–Me preocupa que una mujer viva sola en ese edificio. ¿Quién te lo buscó?

–Es cosa del trabajo –contestó ella–. Está bien, de verdad. Ya soy mayorcita, Serge.

Era la primera vez que pronunciaba su nombre y fue como si una descarga eléctrica sacudiera su cuerpo. A él también pareció gustarle, porque de pronto se quedó parado frente a ella, bloqueándole la visión de la zona de recepción y de la calle. A Clementine le gustaba no poder ver por encima de su hombro, a pesar de sus tacones.

Él pareció leer su mente, porque se inclinó levemente hacia ella y susurró:

–Me pareces demasiado adorable para alojarte ahí tú sola.

Clementine sintió que le temblaban las rodillas. No podía dejar de mirarle la boca. Parecía impasible, pero a la vez había cierta suavidad en su labio inferior. Quería posar su pulgar allí, ver si podía hacerle sonreír. Solo para ella.

–Desde luego sabes cómo encandilar a una chica con palabras dulces –dijo con toda la naturalidad que pudo, aunque la voz le salió una octava por debajo.

–¿Necesitas palabras dulces? –le susurró él al oído.

–Un poco.

–Lo tendré en mente.

En esa cita lo menos importante era la cena. Había tardado en darse cuenta. Ya había empezado a pensar en el vestido, y se imaginaba la luz de las velas y a los camareros sirviéndoles champán, cuando probablemente debería estar pensando en la lencería y los preservativos.

Era absurdo sentirse decepcionada. Él estaba allí y todo aquello había empezado por el sexo. Y Serge esperaba que fuese a terminar con sexo. Ella era mayorcita. Comprendía cómo funcionaba eso. Había aprendido por las malas que los hombres como él no salían con chicas trabajadoras como ella pensando en el futuro. Pero tenía que tomar una decisión sobre cómo afrontar eso antes de ir demasiado lejos.

Tampoco era que él la hubiese presionado. Salvo por aquel gesto al besarle la mano, apenas la había tocado. Estaba perfectamente contenido. Se sentía a salvo con él, muy agradecida, y horriblemente acomplejada; porque de pronto se preguntó si al mirarla vería lo que otro hombre había visto en su pasado infeliz: una chica fácil.

El edificio Vassiliev. Serge ni siquiera dejaría allí a un perro. Aun así, aquella chica cálida y vibrante dormía allí. Probablemente con una cerradura en la puerta que hasta un niño de cinco años podría forzar.

Si no había dinero, entonces debería alojarse en uno

de esos hoteles de hormigón para turistas. No eran bonitos, pero al menos eran seguros. Bueno, aquella era la última vez que dormiría allí, así que ese problema estaba resuelto.

Aun así no le parecía correcto dejarla allí, así que la acompañó escaleras arriba. Ella parecía avergonzada, como si aquel alojamiento lúgubre fuese culpa suya.

Había permanecido callada durante el trayecto desde la embajada. Serge había esperado algo de flirteo, pero ella había vuelto a juntar las rodillas y no se había quitado las botas. Las señales equívocas no le molestaban tanto como verla entrar en aquella habitación y saber que iba a dejarla allí.

Era increíblemente confiada. Se había subido a su coche. Le había dado sus datos. Probablemente le abriría esa puerta a cualquiera.

—Mantén la puerta cerrada con llave —le dijo—. No abras a nadie que no conozcas.

Ella había dejado la puerta entreabierta de tal forma que Serge no podía ver el interior. O eso o le preocupaba que fuese a lanzarse sobre ella ahora que estaban cerca de una cama. Lo cual no tenía sentido. Había corrido más peligro en el asiento trasero de la limusina. Pero Serge no tenía intención de precipitarse. Unas pocas horas no iban a cambiar nada, y pensaba cautivar a Clementine Chevalier para que no se olvidara fácilmente de San Petersburgo.

Iba a ser divertido para los dos.

Si ella dejaba de dirigirle esas miradas de vulnerabilidad y de esperanza.

Serge le entregó su tarjeta.

—Ese es mi número. Llámame si tienes algún problema. Estaré aquí a las ocho.

Ella asintió con mirada recelosa. Entonces aquella

sonrisa hizo su aparición y Serge tuvo que contener el impulso de acercarse y besarla; porque una vez que hiciera aquello, estaría creando una situación más suave de lo que había planeado.

Sexo sin compromiso, no seducción. Ese era el menú para esa noche y la siguiente.

Dejaría la seducción para una mujer que la necesitase.

Capítulo 3

CLEMENTINE se quedó en aquel nido de ratas el tiempo suficiente para quitarse las botas y ponerse unos vaqueros y unas playeras antes de salir volando hacia el gran hotel Europa.

—¿Que vas a hacer qué? —Luke deslizó sus gafas hasta la punta de la nariz tras escuchar su historia.

Que aquellas gafas fueran de pega hacía que el gesto resultase más entrañable. Se conocían desde que Clementine era adolescente, cuando Luke se había mudado al lado. Encontrarse con él de nuevo en un pub de Londres había sido pura casualidad. Sin Luke, Clementine dudaba que hubiera durado más que unos pocos meses en Londres aquel primer año. Él le había conseguido ese trabajo con la agencia Ward.

Clementine estaba sentada en el extremo de su cama. Como responsable de relaciones públicas del anuncio de Verado, Luke tenía una habitación entera en el gran hotel Europa.

—Solo es una cena, Luke.

—No. Te vio en una tienda de zapatos y te siguió por la calle...

—Me salvó.

—Te salvó, claro —Luke era todo cinismo—. Un tipo te robó el bolso...

—Dos. Dos tipos bastante desagradables. Y él hizo que el problema desapareciera. Me llevó en su limusina.

–Pero asegúrate de que sea solo eso. Una cena.

–Sí, mamá.

Luke se sentó junto a ella en la cama.

–Cariño, ese tipo no es el elegido.

–¿Qué elegido?

–El que estás buscando.

–Yo no estoy...

–Oye, Clem, recuerda con quién estás hablando. Yo estaba allí el año pasado, ¿recuerdas? Para recoger los pedazos. Este tipo es rico, ¿verdad? ¿Impresionante? Me resulta familiar. Eres su tipo, cariño, pero él no es el tuyo.

No, Clementine no iba a creer eso. No iba a dejar que una mala experiencia alterase el curso de su vida. Pero lo había hecho. Y con el recordatorio de Luke regresó a la realidad.

–No sé lo que va a ocurrir, pero deseo descubrirlo.

Luke negó con la cabeza.

–Voy a darte mi móvil, ¿de acuerdo? Llámame aquí a cualquier hora. Te lleve donde te lleve, asegúrate de tener la dirección, y si quiere llevarte a algún sitio fuera de la ciudad, dices que no. ¿Entendido?

–No es un asesino en serie.

–Probablemente no, pero sabe que eres turista. No puedo creer que hayas dejado que un desconocido te coma con los ojos en público. Esas piernas tuyas deberían estar aseguradas.

–No son tan buenas –dijo Clementine pellizcándose los muslos.

–Son sensacionales, princesa. Ahora escucha al tío Luke. ¿Llevas protección?

Clementine parpadeó.

–Dios, Clem, sé que hace mucho que no tienes una cita, pero las cosas no han cambiado, cielo.

—No confíes nunca en el tipo —recitó Clementine, preguntándose qué diría Luke si supiera que ella nunca había tenido sexo esporádico en toda su vida.

—Buena chica —la expresión de su amigo se suavizó—. Pero no vas a acostarte con él, ¿verdad?

Clementine se encogió de hombros, Luke echó la cabeza hacia atrás y se rio.

—Me encantaría poder mirar por un agujerito cuando ese tipo se dé cuenta de que se va a ir solo a casa.

—Tal vez solo quiera conocerme mejor.

Luke le apretó la rodilla.

—Tú sigue pensando eso, cariño, y algún día los cerdos volarán, mi pequeña puritana.

Puritana. Ni hablar.

Sí que tenía citas. Pero no en los últimos doce meses. Casi siempre trabajaba. Llevaba trabajando desde los diecisiete años en puestos sin importancia, estudiando por las noches. No le quedaba mucho tiempo para relaciones. Ni para amigos. Tenía muchos conocidos, era parte del trabajo, pero solo un par de amigos de verdad. Sabía cuál era la diferencia, igual que sabía que aquella cita con Serge Marinov era un poco de diversión para celebrar el fin de su contrato con Verado. Flirtearía con él, fantasearía con cómo sería estar con un hombre así y después, al más puro estilo Cenicienta, desaparecería a la medianoche.

Lo que le recordaba una cosa... Sacó los preservativos de Luke de su neceser y los tiró sobre la mesilla de noche.

Solo practicaba el sexo en las relaciones, a pesar de lo que Luke pensara.

Dadas las circunstancias de su encuentro, desechó

todas sus faldas cortas y sus camisetas ajustadas y sacó el vestido de satén verde que había metido en la maleta para las veladas con sus compañeros de trabajo. En la percha parecía simple, pero, cuando sus curvas lo llenaban, era algo impresionante.

Aunque no se quejaba de sus curvas. No podía hacer nada con su aspecto y, a pesar de las atenciones buenas y malas que eso le reportaba, no iba a malgastar su juventud escondiéndose tras capas de tela. El corpiño plisado le cubría el pecho y se enganchaba en la nuca, lo que dejaba al descubierto su mejor rasgo: los hombros.

Se recogió el pelo en un moño y se pintó los labios de rosa oscuro. Después se puso sus sandalias doradas favoritas.

Desde la ventana vio un deportivo plateado entrar en el patio. Tenía que ser él. No quería que volviese a subir allí. Era demasiado íntimo, y creaba cierto desequilibrio de poder con el que no se sentía cómoda.

Había un ascensor en el edificio, pero el conserje le había aconsejado que no lo utilizase. Se tambaleó un poco al llegar al final de las escaleras, y entonces lo vio caminando hacia ella.

—Hola —dijo él.

Llevaba unos pantalones a medida, la camisa abierta a la altura del cuello y una chaqueta oscura que debía de ser muy cara.

—Estás arrebatadora —dijo al acercarse. Su voz profunda llevaba consigo la misma apreciación que ella veía en sus ojos, y por un instante creyó que tal vez se inclinara para besarla. Pero simplemente la agarró del codo para llevarla.

Estaba espectacular; irradiaba mucha fuerza y seguridad en sí mismo. ¿Qué pasaba con aquel hombre que hacía que la sangre se le calentara por todo el cuerpo?

Era del todo inapropiado, porque aquello no podía ser más que una cena.

Era mucho más que una cena. Si hubiera podido, Serge la habría llevado directamente a su casa y se habría saltado los formalismos.

Cuando se sentó a su lado, puso el coche en marcha y la miró de reojo.

—¿Preparada?

—Todo lo preparada que puedo estar.

¿Estaba nerviosa? Un poco alentado por esa idea, hizo que el motor vibrara y ella dio un respingo.

—Vuelve a hacerlo —dijo.

Serge sonrió y regresó marcha atrás hasta la carretera con toda la práctica que tenía con aquel coche, consciente de que estaba alardeando. Sería bueno recordar que a Clementine le gustaba el coche. Le gustaban las sorpresas.

—¿Y dónde vamos, héroe? —preguntó ella con aquel delicioso acento.

—Hay un lugar en el Neva que creo que te va a gustar.

No quería apartar los ojos de ella. ¿Cómo había podido olvidarse de lo increíblemente atractiva que era?

—Es un coche increíble —advirtió ella.

—¿Te gustan los coches rápidos, *kisa*?

—Supongo —contestó encogiéndose de hombros—. Me gusta la velocidad.

—Puedo acelerarlo en la autopista, pero no en el centro de la ciudad —contempló su cuerpo de reojo—. ¿Por qué no te recuestas, te relajas y disfrutas del trayecto?

—Eso haré.

Había colocado su cuerpo de forma que una pierna

estuviera plegada detrás de la otra, lo cual exhibía su cuerpo curvilíneo.

Estaba observándolo; podía sentir su mirada curiosa en su cuerpo.

–Me gusta el cuero rojo –dijo ella–. Parece caro.

Habían llegado a un atasco y, en vez de buscar la manera de salir de él, Serge se recostó en su asiento y recorrió con la mirada la línea de su brazo y la curva de su pecho hasta llegar a sus ojos, que brillaban con malicia.

Todo en ella señalaba que estaba acostumbrada a provocar, pero la mirada en sus ojos y aquella sonrisa dejaban claro lo mucho que se divertía haciéndolo.

–¿Te gustan las cosas caras, *kisa*?

–Me gusta que seas rico –respondió ella batiendo sus pestañas de forma exagerada.

–Y a mí me gustan las mujeres que aprecian el cuero. Me encantaba la falda que llevabas esta tarde.

–Es agradable al contacto con mi piel –sus mejillas empezaban a sonrojarse.

Tenía que preguntárselo.

–¿Y qué más cosas te gusta sentir contra tu piel?

Ella se carcajeó.

–El calor –contestó–. Soy bastante friolera.

–Es bueno saberlo. Esta noche será mi responsabilidad evitar que pases frío.

–¿Me dejarás tu chaqueta? Qué caballero.

Él le dirigió una mirada, luego otra, como para comprobar que lo que acababa de ver no había cambiado, y entonces comenzó a especular.

Clementine se recostó en su asiento y se quedó mirando al tráfico, diciéndose a sí misma que podía manejar a aquel tipo. Serge le hizo algunas preguntas sobre su estancia en San Petersburgo y la atmósfera dentro del coche se normalizó.

Sintiéndose un poco más segura, Clementine deslizó la mirada por su cuerpo. Era una imagen que alteraría a cualquier mujer.

Él volvió a mirarla, y sus ojos le dijeron que sabía exactamente lo que estaba haciendo.

Decidió entonces mostrarse descarada.

—Me gusta tu chaqueta.

Él sonrió, y eso le hizo parecer más joven, más relajado, como si disfrutara de su compañía. Captó la broma y ella supo que podría relajarse.

El tráfico se alivió mientras cruzaban el puente. Serge tenía una de las manos apoyada ligeramente en el volante y la otra en la palanca de cambios, cambiando de marcha con soltura mientras atravesaban la ciudad.

Otras imágenes comenzaron a inundar su cabeza y resultaba difícil censurarlas. El modo en que se había lanzado sobre esos tipos, el modo en que había recibido golpes y los había ahuyentado. Lo había hecho porque, debajo de toda esa educación y cortesía que le había mostrado, era un tipo rudo, grande y fuerte... y eso hacía que todo su cuerpo vibrara. Había acertado en su juicio al verlo. Ya no se hacían hombres así.

—Te has quedado callada —dijo él con voz profunda.

Clementine se recompuso y resistió la tentación de responder lo que deseaba. «Estaba contemplando la vista».

Realmente era el momento dejar el flirteo. Se lo estaba pasando muy bien; era como en los viejos tiempos, antes de aprender que sus bromas podían malinterpretarse.

—Estaba pensando en la claridad que hay.

—Las noches blancas ya casi han llegado. No hay nada comparable a eso.

—Es una pena que ya no estaré aquí para verlas. Pero

ahora mismo está precioso. La luz parece suavizarlo todo.

—Yo también lo creo —dijo él mirándola.

Era algo de otro mundo, pensó Serge mientras seguía el movimiento de su trasero hacia el restaurante. Tenía la complexión de las mujeres de antes, antes de las dietas y de los gimnasios. Tenía esa forma porque así era como la naturaleza la había creado.

Y la Madre Naturaleza había hecho un gran trabajo. Había escogido un lugar apartado; pequeño y acogedor. Cabía la posibilidad de que a Clementine no le gustara. Él había llevado a un par de mujeres allí antes y había visto cómo se desenvolvían con la comida tradicional rusa, incluso habían dicho con desprecio que el restaurante les parecía pintoresco. Pero él estaba en la ciudad solo por un par de noches y le gustaba aquel lugar. Era familiar y ruidoso.

Aquella noche el lugar no importaba. Simplemente era el medio para llegar a un fin. Pero se preguntaba por qué había pensado inmediatamente en Kaminski's en relación con Clementine.

Estaba con él porque le gustaba el dinero; había sido bastante directa con todos sus comentarios. En respuesta, sus sentimientos hacia la chica eran sucios y básicos. Tenía lo que ella deseaba, y ella sin duda tenía lo que él andaba buscando. El lugar donde la llevara a cenar no debería importar.

Clementine echó la cabeza hacia atrás para mirar el techo de vigas bajas. Escudriñó la sala, que ya estaba llena de clientes. La decoración era simple; mesas redondas, suelos de madera, murales con escenas históricas rusas en las paredes. Se preguntó qué opinaría ella.

–Esto es asombroso. Eres toda una sorpresa. Me esperaba una vinoteca.

Soltó una exclamación de placer cuando llegaron a la mesa, y Serge observó cómo Igor Kaminski, el dueño, se hinchaba de orgullo al relatarle una breve historia del local. Entonces Clementine hizo eso que todas las mujeres hacían cuando le retiró la silla para que se sentara; se pasó las manos por las caderas y los muslos para ajustarse la falda. Pero de algún modo logró convertirlo en un gesto sensual y provocativo. Igor se quedó allí de pie, con una sonrisa en la boca, observándola.

«¿Se supone que tengo que golpearlo o pedir?», se preguntó Serge, y rompió el hechizo preguntándole a Clementine qué quería beber.

–Te dejo que elijas tú –contestó ella con una de sus dulces sonrisas.

Pidió vino de Georgia e Igor regresó poco después con las cartas, flanqueado por tres hombres que Serge sabía que eran sus hijos. Clementine estaba disfrutando, así que él se recostó en su silla y observó mientras servían *zakouski* y los jóvenes la instaban a probarlo; champiñones en escabeche con crema agria y diferentes variedades de caviar del mar Caspio. Clementine se lo comió acompañado de un trago de vino, y Serge observó cómo intentaba encontrarle el sentido a aquel inglés fuertemente acentuado, prestándoles la misma atención a todos por igual.

Aquello no era lo que él había planeado para esa noche. Comida, alcohol y un poco de conversación íntima. Ese era su plan.

Entonces Clementine se inclinó hacia él y dijo:

–¿Cuándo comienza nuestra cita, héroe?

Serge le hizo gestos a Igor sin dejar de mirarla y murmuró algo en ruso. Segundos después los dejaron solos.

–Todos son muy amables –le dijo ella–. Y se nota que te conocen.

–Creo, *kisa*, que la que les gusta eres tú.

–No seas tonto –contestó ella mientras metía la cuchara en su sopa.

–¿Y qué te trae por aquí, Clementine? –preguntó. Tenía que hacer su parte. Todo aquello de «a qué te dedicas, cuéntame tu historia», antes de que el alcohol hiciera su efecto y pudiera meterle en la cabeza ideas de una naturaleza más íntima.

–¿Es el momento de conocernos mejor? –bromeó ella, y deseó no sentir aquel cosquilleo en el estómago. Ya había hecho eso antes; flirtear en un lugar público. Pero no le parecía público. Resultaba muy íntimo. Quizá demasiado íntimo para una primera cita.

Serge se inclinó hacia ella.

–Solo si tú quieres, *kisa*.

Sus ojos hacían que se sintiera tan consciente de sí misma que supo que se estaba sonrojando. Intentó recuperar el control y decidió hacerle algunas preguntas.

–¿Vienes mucho por aquí?

–Cuando estoy en la ciudad.

–¿Con una chica diferente cada vez?

–Suelo venir solo –respondió él, y advirtió que su dedo índice había dejado de subir y bajar por el pie de la copa. La tenía agarrada con fuerza. ¿Cuál era el problema? ¿Chicas diferentes? ¿Acaso necesitaba que le dijese que no tenía por costumbre ligar con chicas en la calle?–. Dime por qué estás en San Petersburgo.

–Estoy aquí por Verado, la marca italiana de artículos de lujo.

–Sí, los conozco.

–Están haciendo promoción de su tienda principal en la avenida Nevsky. Esa soy yo; la relaciones públicas.

Serge se recostó en su silla y notó el orgullo que le producía su trabajo. Relaciones públicas. Claro. ¿A qué iba a dedicarse una chica como ella sino a encandilar e influir a la gente?

—La inauguración es mañana por la noche y después se acabó. Vuelvo a Londres.

Serge había perdido interés en su trabajo. Estaba más interesado en las diferentes luces que podía ver en su melena; tonos dorados, rojos y castaños. ¿Sería natural? Probablemente no.

—Supongo que se te dan muy bien las relaciones públicas.

—Supongo. Me gusta la gente —Clementine se dio cuenta de que prestaba más atención a su aspecto que a sus palabras, y eso le ponía nerviosa—. No me gusta mucho Verado, con toda esa gestión misógina y sexista, pero mi trabajo es hacerles quedar bien, así que hago lo que puedo.

Serge estuvo tentado de comentar que el nido de pulgas en el que se alojaba le decía más de su trabajo que cualquier palabra. Sin embargo, dijo:

—¿Qué más haces, Clementine, aparte de influir en la gente?

—¿De verdad quieres saberlo?

—Sí, claro que sí.

—En realidad no hago mucho últimamente. Parece que lo único que hago es trabajar.

—Eres una mujer preciosa. ¿No tienes un novio serio?

—Si lo tuviera, no estaría aquí contigo.

Serge dio un trago al brandy sin dejar de mirarla.

—¿Y tú? —preguntó ella con una sonrisa—. ¿Por qué un hombre rico y guapo como tú no está pillado?

—¿Guapo? —pareció sorprendido—. Es bueno saber que estoy a la altura.

No había respondido a la pregunta. La sonrisa de Clementine se esfumó. De acuerdo, no significaba que estuviera casado o que tuviera novia o algo.

–¿Así que no hay nadie esperándote en casa?

–No –Serge dejó la copa en la mesa–. Nadie.

Eso molestó a Clementine. Él se quedó mirando su cara intensamente.

–¿Qué te ha dado la idea de que estaba casado?

–Una chica siempre tiene que ser cautelosa –dijo ella.

Serge podía imaginarse un flujo constante de hombres intentando ligar con ella. Hombres casados, solteros...

Él despreciaba el adulterio. No iba por ahí con mujeres casadas, nunca. ¿Entonces por qué le molestaba tanto que ella hubiera sacado el tema?

Era la idea de que un hombre casado pudiera ir detrás de ella.

Cualquier hombre.

Porque la deseaba. Para él. En exclusiva.

¿Y por qué diablos tenía la sensación de que en cualquier momento Clementine podría levantarse de la mesa, excusarse y no volver nunca?

Clementine sabía que tenía algo que atraía a los hombres así. Hombres guapos, seguros de sí mismos, que pensaban que podían obligarla a acostarse con ellos. Y siempre tenían dinero. Luke decía que era su personalidad, pero se refería a su seguridad. Era una chica a la que le gustaba vestirse bien y flirtear. Siempre había sido así. Intimidaba a muchos hombres agradables que sentían miedo de acercarse a ella, imaginando que tendría ocupadas todas las noches de la semana, o que, como Serge, querían saber por qué no tenía una relación.

La había tenido. Había tenido dos relaciones insatisfactorias con tipos agradables que habían hecho que se
sintiera menos ella misma y más la chica que imaginaba
que debía ser. Clementine con las luces apagadas.

Serge observó las emociones en su rostro. Su mirada
cautelosa de pronto le hizo sentir incómodo con su plan.

–Aún no me has dicho a qué te dedicas –dijo ella.

–Trabajo en gestión deportiva.

–¿Y es interesante?

–A veces.

Clementine sintió un vuelco en el corazón. Serge no
deseaba compartir con ella ninguna información sobre
sí mismo. Durante unos segundos retrocedió a aquellos
meses extraños, hacía casi un año, en los que otro hombre rico la había perseguido, esquivando cualquier pregunta personal mientras la cubría de atenciones románticas.

Tras su última ruptura había vuelto a las citas esporádicas; hasta Joe Carnegie. Lo había conocido en uno de
sus trabajos como relaciones públicas; él era un cliente,
lo que significaba que estaba fuera de su alcance según
su código personal. Pero en cuanto el trabajo acabó, la
había llamado, le había enviado rosas a su casa y le había regalado vestidos espectaculares para poder presumir
de ella. Solían llegar en una caja antes de cada cita. La
había educado para un papel y ella se lo había permi-
tido.

Había sido muy ingenua.

La había encandilado y tratado como a una princesa.
Ella se había abierto a él muy deprisa, sin oponer resistencia. Hasta la noche en que la llevó a un restaurante
elegante, la noche en la que ella había decidido que su
relación debería ir más allá del dormitorio, y le mostró
la carpeta de una agencia inmobiliaria. Le había com-

prado un piso, un lugar en el que pudiera visitarla cuando estuviera en la ciudad.

Nunca había sido por ella. Había sido por cómo quedaba junto a él, colgada de su brazo, y lo bien que funcionaban en la cama. Y entonces había empeorado. Un par de días más tarde, Clementine había leído en el periódico el anuncio de su compromiso con una estrella del pop francesa, que además era la hija de un importante empresario. Una mujer de su mismo estrato social. Ella había sido otra cosa desde el principio. Él siempre la había querido como amante en la sombra.

El recuerdo aún le dolía. Se había dicho a sí misma que no permitiría que eso echara a perder la noche, pero ya empezaba a dudar de los motivos de Serge. Había sido un caballero con ella, pero Joe Carnegie también lo había sido. Hacía tiempo que había llegado a la conclusión de que no se le daba bien adivinar las intenciones de los hombres.

Miró a su alrededor, con las luces de ambiente, las risas de los clientes y el maravilloso olor de la comida típica rusa, y se dio cuenta de que había aterrizado en otra de sus estúpidas fantasías románticas.

–Disculpa –dijo abruptamente poniéndose en pie. Serge se levantó también–. Voy al lavabo.

El espejo del baño de señoras reflejó su cara maquillada, y Clementine maldijo el uso excesivo del rímel, porque las lágrimas que empezaban a acumularse en sus ojos dejarían marcas.

No estaba triste. Estaba muy enfadada. Consigo misma.

¿Cómo diablos se metía en ese tipo de situaciones? ¿Tenía la palabra «imbécil» tatuada en la frente?

Otras dos mujeres se acercaron a los espejos, y Clementine fingió estar lavándose las manos y arreglándose el pelo.

Levantó la mirada y vio que una de las chicas era su camarera; una de las hijas de Kaminski.

–Serge Marinov –dijo la chica–. Qué afortunada.

«Sí, qué afortunada», pensó Clementine. Estaba siendo una idiota. Tenía a un hombre increíble sentado en aquel restaurante, esperándola, y ella estaba escondida en el lavabo porque en una ocasión otro tipo la había despreciado. Era hora de superarlo y seguir con su vida. Ella llevaba el control y, si Serge Marinov tenía algún plan oculto, ella también lo tenía.

Mientras se aproximaba a la mesa, él la vio y pareció aliviado.

–¿Me has echado de menos? –preguntó ella tras sentarse.

–Cada minuto, *kisa*.

–¿Seguimos comiendo?

–¿Café?

–Té.

Cuando llegó el samovar, las actuaciones de los gitanos habían invadido el restaurante y resultaba imposible hablar por encima de la música.

Serge observó como Clementine quedaba hechizada por la actuación. Cuando los artistas pasaron por las mesas para recoger alguna moneda, ella rebuscó en su bolso.

Serge le agarró la mano para detenerla y lanzó algo de dinero a las faldas de la chica.

Clementine lo señaló con un dedo.

–Puedo pagar mis cosas, señor millonario.

–Estás conmigo –respondió él, como si eso lo dijera todo.

–Vamos, chico rico –dijo ella dándole una palmadita en el brazo–. Salgamos de aquí y te compraré un helado.

Se formó un gran jaleo cuando se marcharon. Clementine les había causado una gran impresión a los Kaminski, lo cual estaba bien, pero la próxima vez que fuera ahí sin ella, habría preguntas. Era ese tipo de chica.

Él también tenía sus propias preguntas. Nada había salido según el plan. En ese momento debería estar llevándola a su casa tras cenar mientras intercambiaban insinuaciones sexuales. En vez de eso, había pasado la noche viendo cómo ella se divertía; salvo por aquel momento extraño en el que había creído que se había levantado y había abandonado el restaurante.

Aunque eran más de las diez, aún había luz. Estaban muy cerca de las noches blancas de junio. Serge se quitó la chaqueta mientras caminaban. La tentación de pasarle un brazo por los hombros era fuerte, pero se resistió. De alguna manera aquello se había convertido en una cita de verdad. Una primera cita.

Clementine lo miró.

–Gracias por invitarme. Últimamente lo único que he hecho ha sido trabajar. Es agradable ponerme un vestido y salir a divertirme.

Era muy sincera. Y él se lo creía. Lo cual probablemente le convertía en un inocentón, pero había algo en ella en aquel momento que le daba ganas de creerla.

–Eres una mujer muy fácil de complacer, *kisa* –dijo al fin–, pero la velada acaba de empezar, ¿verdad?

Clementine disimuló una sonrisa.

–Tal vez para ti, mi héroe, pero yo estoy agotada y mañana me levanto temprano.

–Claro –dijo él, y entonces todo cobró sentido.

Ella había sabido desde el principio que aquella noche no acabarían en la cama, lo que significaba que el pequeño numerito del coche había sido para su propia diversión. Serge recordaba el brillo en sus ojos, la invitación a reírse con ella.

Él no se había dado cuenta porque estaba perdido en la tierra de la lujuria.

Lo que significaba que aquella noche era una oportunidad perdida... para los dos. Ella volvía a casa el sábado, y Serge tenía que tomar una decisión.

¿Merecía la pena ir tras ella?

Los instintos con los que no estaba muy familiarizado le decían que debía manejar la situación con delicadeza. Otro instinto más familiar le decía que la estrechara entre sus brazos y le hiciera olvidarse de los demás hombres, al menos hasta el día siguiente. Tenía que ser al día siguiente. Porque ella regresaría a Londres el sábado.

Y, si no la tenía entre sus brazos de un modo u otro esa noche, iba a volverse loco.

Le dio la mano, algo que llevaba queriendo hacer toda la noche. Ella se volvió hacia él con expresión expectante. Serge se acercó y con la otra mano le retiro un mechón de pelo de la mejilla. La sonrisa de Clementine se desvaneció y sus ojos se volvieron más redondos.

—Me estás matando, Clementine —dijo él en ruso, y agachó la cabeza para acabar con su tormento.

En ese instante, ella emitió un leve sonido de angustia y, para su sorpresa, se apartó y se soltó la mano con una risa nerviosa.

—Sigo queriendo comprarte ese helado —dijo por encima del hombro.

Helado. No sexo. Ni siquiera un beso. Esa noche no.

Ella comenzó a caminar y él se quedó allí, quieto, mirándola.

—¿Vienes, héroe? —preguntó Clementine.

Iba en la dirección equivocada. Los vendedores de helados del río estaban hacia el otro lado. Pero su pregunta se disolvió en una sonrisa burlona y, sin pensárselo dos veces, Serge fue tras ella.

Capítulo 4

SERGE había pasado la mañana escuchando la discusión que se había desencadenado entre el presidente de su compañía y el hombre en el que confiaba por encima de todos los demás: el entrenador Mick Forster. Las imágenes que le llegaban por la pantalla del ordenador desde la sala de juntas del edificio Marinov en Nueva York le convencieron de una cosa.

—Estaré en el JFK mañana a la hora de comer —dijo antes de cerrar su portátil. Se apartó del escritorio y caminó hacia los ventanales de su apartamento en el Canal Fontanka.

Llevaba fuera del país menos de un día y ya tenía problemas con un joven luchador, Kolcek, que tenía cargos por agresión y que estaba recibiendo un tipo de publicidad que la organización no necesitaba. Pero sobre todo, iban retrasados con la construcción del estadio en Nueva York, ya que su equipo de administración estaba dejándose afectar por los ataques de los medios de comunicación, como había quedado claro esa mañana.

No le gustaba el aspecto que tenía todo aquello.

Sin embargo, lo único en lo que podía pensar era que, por culpa de unos contratistas lentos y de un luchador engreído que necesitaba que le bajasen los humos, iba a perder a Clementine Chevalier.

La noche anterior la había llevado de vuelta a aquella habitación deprimente y había insistido en acompañarla hasta su puerta. Una vez más había visto el interior de la habitación, y entonces sus ojos se habían iluminado al ver los preservativos sobre la mesita de noche.

Para ser una chica que no besaba en la primera cita, había ido preparada.

¿Estaría acostándose con otro? ¿Sería ese el problema?

Reconocía que se había quedado algo decepcionado al descubrir que Clementine no era lo que parecía ser. Durante unas horas había disfrutado de la fantasía: un hombre y una mujer teniendo una cita, sin más. Pero, pensándolo fríamente, podría haberlo dejado ahí la noche anterior. Las buenas chicas no encajaban en su vida.

Él no buscaba una esposa, ni siquiera una novia. No quería romanticismo. Quería sexo.

Una antigua amante le había acusado en una ocasión de ser un hombre de sangre fría, pero Serge lo dudaba. Por eso elegía a sus compañeras con tanto cuidado. Mujeres con las que bajo ninguna circunstancia podría encariñarse. Mujeres a las que les gustaba lo que podía darles, no lo que pudiera prometerles para el futuro.

Él había visto lo que lograban los lazos emocionales, el caos que provocaban en vidas inocentes. Lo había visto en sus padres.

Su padre había amado ciegamente a su madre. Al morir él, Serge tenía diez años y su madre se había quedado devastada. Apenas pudo soportarlo. Él había visto la intensidad del amor y el caos que podía provocar cuando se acababa. Su madre había vuelto a casarse por razones económicas. Su segundo marido la había maltratado durante siete largos años antes de que ella decidiera quitarse la vida con una sobredosis de pastillas.

Él había estado fuera, en el internado, y después en

el servicio militar. No había sabido nada de su vida hasta que estuvo frente a la tumba de su madre, con unos parientes lejanos que le contaron los detalles de aquel segundo matrimonio; detalles que nadie había creído conveniente contarle antes.

Distanciarse emocionalmente era algo que le salía con facilidad.

Así que la noche anterior, cuando Clementine había visto la dirección de su mirada y se había puesto roja, él había sentido curiosidad por ver cómo se desenvolvía. Ella se había mantenido fría, mirando al suelo, y después había empezado a parlotear. Ahora él tenía que irse. Se habían dado los números de teléfono. Tal vez podría llamarla la próxima vez que estuviera en Londres.

Seguía pensando en ella después de una conferencia telefónica y de mucho café. No había dormido bien. Era el resultado de la frustración sexual. Se había dado dos duchas frías; una al llegar a casa y otra por la mañana. Había otras mujeres a las que podría llamar, pero estaba interesado en Clementine.

Dio otro trago al café.

¿Dónde estaría en ese momento? ¿Trabajando? Serge conocía la marca de Giovanni Verado. Artículos de lujo para hombres. Conocería a muchos hombres en ese trabajo. Hombres con dinero; y esa era la cuestión.

La buena chica se había evaporado para cuando él vio aquellos profilácticos. Si no iba a acostarse con él en una primera cita, estaría acostándose con otro; o planeando hacerlo.

Le gustaba el dinero. Probablemente tuviera a varios hombres con coches caros y estilos de vida lujosos. Las chicas como Clementine, con ese nivel de independencia y de seguridad en sí mismas, nunca estaban solteras.

Aun así había algo en ella.

Aún podía oír su risa, verla dando palmas al ritmo de la música aunque no conociera el idioma. Recordaba lo confusa que se había quedado ante su intento de besarla.

Deseaba llamarla y oír su voz. Deseaba verla.

Pero se marchaba a Nueva York y no tenía tiempo. Clementine había dicho algo sobre una inauguración esa noche. Podría ir y probar suerte.

Aun así la vida no era cuestión de suerte. La vida era cuestión de ir detrás de lo que uno deseaba con determinación y sin detenerse hasta lograrlo.

No, sería mejor llamar y quedar en verse. No quería darle mucha elección, se mostraría más persuasivo que la noche anterior. Había respetado sus barreras y no le había conducido a nada. No había convertido un simple gimnasio en un negocio de mil millones de dólares sin saber cuándo presionar.

Clementine se acomodó en la mesa de la terraza y le dio las gracias al camarero que le sirvió el café. Al otro lado de la calle estaba la tienda de Verado, donde había pasado la mañana y casi toda la semana. Había accedido a reunirse con Serge en esa cafetería porque estaba cerca del trabajo.

Al oír su voz un par de horas antes todo su mundo se había detenido. No había pensado que fuese a llamarla, pero lo había hecho, y ahora estaba esperándolo porque quería verla, hablar con ella, probablemente organizar una segunda cita. Tendría que ser rápido. Su avión salía a las cuatro de la madrugada del día siguiente. Tal vez le pidiese que se quedara un poco más, y una parte de ella pensaba en decir que sí. Desde luego que sí.

Imaginar que la noche anterior lo había perdido había hecho que esa mañana se comportara de manera más imprudente de lo normal aquella mañana. Había pasado horas despierta, rememorando cada minuto de la cita, aislando todo aquello que indicaba que Serge no se parecía a Joe Carnegie. Su instinto le decía que era un buen tipo. No la había presionado, cuando era evidente que esperaba algo más. No iba a interpretar nada. Todos los hombres esperaban más. Pero algunos se volvían odiosos al respecto.

Lo que le molestaba era haber dejado que Joe Carnegie se interpusiera entre ellos en un momento crucial. Había querido besar a Serge la noche anterior, pero el miedo se lo había impedido. Solo era un beso, pero nunca se había sentido tan fuertemente atraída por un hombre en toda su vida, y tenía que estar segura antes de ir más lejos.

Pensándolo con serenidad, intentó no arrepentirse. Serge no se había marchado, y esa mañana deseaba verla. Le gustaba. Estaba haciendo un esfuerzo.

Pero llegaba tarde.

«Le daré cinco minutos más», se dijo a sí misma. «Solo llega un cuarto de hora tarde. Tal vez sea por el tráfico. Cinco minutos. Como mucho diez».

–Hola, chica guapa.

Estaba de pie frente a su mesa, todo músculos y testosterona. Clementine se fijó en sus pantalones, su camiseta blanca y su cazadora de cuero marrón. Se había afeitado, llevaba el pelo revuelto y parecía lleno de energía. Clementine no lo miró, más bien colisionó con aquellos ojos verdes, y el corazón comenzó a latirle con fuerza, haciendo que resultara difícil oír nada por encima del zumbido de la sangre en sus oídos.

–Ah, hola –dijo intentando que sonara despreocupado.

Serge le hizo un gesto al camarero.

–¿Qué quieres comer, *kisa*?

–Oh, no puedo quedarme mucho –contestó ella–. Tengo que seguir trabajando y tú llegas tarde, así que solo puedo darte cinco minutos.

Serge acercó una silla a la mesa y se sentó a horcajadas.

–Entonces concédeme cinco minutos –estaba estudiando su cara, sus mejillas sonrojadas y su boca–. Eres una mujer preciosa, Clementine.

Ya le habían dicho eso antes, aunque no era estrictamente cierto. Estaba lejos de ser una belleza. Su nariz era ligeramente larga, su barbilla un poco puntiaguda, y tenía demasiadas pecas.

–¿De verdad? –se obligó a aguantarle la mirada–. ¿Es eso lo que has venido a decirme?

–No he dejado de pensar en ti.

–Me siento halagada.

A juzgar por sus ojos, Serge estaba jugando a un juego, pero ella no conocía las reglas.

–Tengo una proposición que hacerte, *kisa*.

Clementine suspiró para sí misma y comenzó a reorganizarse la tarde mentalmente. Podría sacar algunas horas antes de la inauguración de por la noche. Deseaba pasar más tiempo con él.

–Tengo que volar a Nueva York mañana por negocios. Me gustaría que vinieras conmigo.

Ella sintió como si acabaran de estamparla contra un muro.

–Me hospedaré en la suite del ático del Four Seasons durante una semana. Creo que te lo pasarías bien, Clementine; algunos caprichos, restaurantes bonitos, comprarte vestidos, ver algún espectáculo... yo.

Clementine sintió náuseas. Retrocedió entonces en

el tiempo hasta el instante en el que Joe le había hecho su ofrecimiento y ella había contestado:

–Pero yo no quiero que me compres un lugar para vivir. Ya tengo uno.

Él había fruncido el ceño y le había dicho que no iba a pasar su tiempo libre en Londres tirándosela en un piso compartido.

Con esa brutalidad. E igual de rápidamente había perdido ella todas sus ilusiones. A la mañana siguiente, el periódico había despedazado su respeto en sí misma.

–Comprendo que es presuntuoso, pero tengo que estar allí, y creo que tenemos algo, Clementine. Me gustaría explorar eso.

–¿Ah, sí? –su voz sonó como un témpano de hielo.

Estaba volviendo a ocurrir.

Estaba ofreciéndole cosas como si estuviera en venta. Como si su cuerpo estuviera en venta. Porque «ven conmigo a Nueva York, muñeca», no era una invitación para disfrutar de su hospitalidad sin entregarse a sí misma en bandeja.

Qué tonta había sido.

Lo único que deseaba era una cita. La oportunidad de pasar algún tiempo con él, de llegar a conocerlo.

Frente a ella estaba la razón por la que había intentado centrarse en chicos que no la presionaran, chicos que no estuvieran gobernados por su libido; chicos simpáticos y caballerosos que al final la dejaban fría. Los hombres como Serge estaban al otro extremo del espectro; excitantes, desafiantes, pero guiados por su testosterona, seguros de su habilidad para dominar el mundo con sus propias reglas.

Pero ella iba en otra dirección. Ya había aprendido la lección. No era el juguetito de ningún hombre rico.

Se puso en pie tan abruptamente que la silla estuvo a punto de caer al suelo.

–Es una gran oferta, Serge, pero creo que has elegido a la chica equivocada –dijo acaloradamente.

Él también se puso en pie, pero ya no parecía tan seguro de sí mismo.

–¿Clem?

Clementine se volvió al sentir las manos de Luke en sus brazos.

–¿Estás bien, cariño? –Luke miró a Serge de arriba abajo–. ¿La has disgustado, tío?

–No pasa nada –contestó ella–. Volvamos –le dirigió a Serge una mirada gélida–. Ya he terminado aquí.

Serge se quedó de piedra. ¿Qué acababa de suceder?

¿No había sido lo suficientemente explícito en todo lo que le había ofrecido? Era un trato de lo más lucrativo además de por el sexo. ¿Qué sucedía? ¿Habría alguien más?

De acuerdo, tal vez se hubiera mostrado un poco engreído, pero había estado convencido de que diría que sí.

Y había dicho que no.

–Ya tengo tu respuesta, Clementine –dijo educadamente–. Perdona si te he ofendido. No era mi intención –no pensaba quedarse ahí y presionarla–. Disfruta del resto de tu estancia.

Sus buenos modales clavaron a Clementine al suelo. De pronto los últimos minutos parecieron haberse convertido en una enorme pelota de confusión en su cabeza. Tal vez no le hubiera hecho una proposición deshonesta. Tal vez fuera un simple ofrecimiento para pasar tiempo con él. Estaba haciendo un esfuerzo. Había dicho que tenía negocios en Nueva York. No era un viaje de placer para él. Quizá solo quisiera conocerla mejor...

«No volverás a conocer a nadie como él», dijo una voz en su cabeza mientras Serge se alejaba. «Lo supiste ayer, en cuanto lo viste. Supiste que era especial».

¿Qué acababa de hacer?

De pronto sus pies comenzaron a moverse. Quería correr tras él, pero no serviría para nada. Lo vio meterse en el coche. Abrió la boca para gritar su nombre, pero se le había cerrado la garganta, así que se quedó parada en mitad de la acera mientras el deportivo se mezclaba con el tráfico.

Aún tenía el móvil de Luke. Tenía el número de Serge. Comenzó a rebuscar en su bolso. ¿Qué iba a decirle? «He cambiado de opinión. Quiero ir. Quiero ver adónde me lleva todo esto».

–Clem –Luke la había alcanzado–. ¿Qué sucede, cariño?

Fue la voz de Luke y los recuerdos que aparecieron con ella los que hicieron que volviera a guardar el móvil en el bolso. Luke la había ayudado a recoger los pedazos cuando el incidente de Joe Carnegie le explotó en la cara. Ella había dormido durante una semana en el apartamento que Luke compartía con su novio, Phineas. Luke la había cuidado con todo el cariño que nunca había encontrado en los tipos con los que salía.

Serge Marinov no era diferente. Se lo había imaginado como un héroe, pero por experiencia sabía que eso nunca salía bien.

Deprimirse no iba con su naturaleza. Tenía trabajo que hacer, y se mantuvo ocupada toda la tarde intentando adular a la prepotente representante de una revista de moda que había sido alojada en el gran hotel Europa en vez de en el Astoria.

«Puedo hacerlo», pensó mientras atravesaba el vestíbulo. Iba a pasar la noche con Luke, incapaz de dormir

una vez más en el nido de ratas. Su vestido estaba
arriba, y pensaba darse una larga ducha caliente.

Tenía una fiesta a la que ir. Las fiestas se le daban
bien. Era con los hombres con los que tenía problemas.

Al entrar en el ascensor, uno de esa especie la miró
descaradamente de arriba abajo y ella entornó los ojos
con desprecio.

Aún se sentía un poco alterada mientras se movía
por entre la multitud en la inauguración. El desfile de
moda no fue perfecto, pero los pequeños problemas hacían que fuese divertido. Clementine saludó a todo el
mundo con una sonrisa y su vestido negro. Le encantaba aquel vestido de noche. Era elegante, y Verado le
había prestado un collar de diamantes para que se lo pusiera esa noche. Era un anuncio con piernas, y eso le ve-
nía bien. Era buena en su trabajo y eso hacía que se sintiera bien consigo misma.

Si los hombres creían que podían comprarla, tal vez
fuera el momento de reafirmar su independencia eco-
nómica. Ganaba un salario razonable. Simplemente tenía pasión por la ropa cara. Pero tenía veinticinco años.
Tenía que dejar de vivir como una adolescente y empezar a mirar hacia el futuro. Tal vez su marido de cuento
de hadas y sus tres hijos nunca se hicieran realidad; y
dado su historial romántico y el desastre de aquel día,
aquello parecía más lejano que nunca. Tenía que cuidar
de sí misma. Protegerse. Y eso significaba centrarse en
su carrera.

Se apartó de un grupo de compradores para atravesar
el local en dirección a otro grupo cuando lo vio.

Era difícil no ver a un ruso de un metro noventa y
cinco de altura. Iba vestido con un esmoquin y estaba

espectacular. Por un momento simplemente se quedó mirándolo, hasta que reconoció al caballero con el que estaba hablando. El propio Giovanni Verado.

El corazón se le aceleró al verlo allí, porque no podía ser una coincidencia.

Había ido a buscarla a ella.

Todo lo que se había dicho a sí misma aquella tarde sobre Serge Marinov se esfumó al contemplar la posibilidad de que tuviera una segunda oportunidad.

Se alisó el vestido, estiró los hombros y caminó hacia ellos. Quería que la encontrara lo antes posible.

Había mucha gente entre ellos, pero entonces se abrió un hueco entre la multitud y Clementine vio lo que antes no había visto. Había una mujer con él; una morena curvilínea con un vestido azul. Era preciosa, de unos treinta años, y tenía la mano puesta en su brazo. Fue aquella muestra de territorialidad la que detuvo a Clementine en seco.

Había estado a punto de quedar como una idiota.

Otra mujer. Sí que se había dado prisa. Pero ¿qué había esperado? Obviamente eso era lo que había pensado aquella mañana. No había pensado: «Qué decepcionado estoy porque Clementine no viene conmigo». Había pensado: «¿Cuál es la siguiente en la lista?».

En ese momento Serge giró la cabeza y escudriñó la sala. Clementine se quedó helada. Supo el momento exacto en que la vio porque fue como una descarga eléctrica. Reconoció el brillo en aquellos ojos verdes. Esperó a que la ignorase, a que se diese la vuelta, pero en vez de eso sus rasgos se volvieron firmes. Parecía decidido.

Clementine se dio la vuelta antes de poder ver algo que destrozara sus sentimientos y se fue directa hacia la barra. Necesitaba una copa. Necesitaba alcohol fuerte, y deprisa.

«Si hubiera dicho que sí, podría estar con él ahora», pensó con impotencia. «Podría ser esa mujer. Podría irme con él a Nueva York».

Llegó a la barra y pidió un Bloody Mary. No era algo que bebiese habitualmente, pero necesitaba algo fuerte para quitarse de encima esa sensación. Antes de que le sirvieran la copa, sintió a Serge antes de verlo. La solidez de su cuerpo, las miradas de las demás personas.

Se giró hacia él como un planeta que gravitaba alrededor del sol y lo miró a los ojos.

–Sí –dijo suavemente–. Ojalá hubiera dicho que sí. Debería haber dicho que sí.

Él pareció asombrado, perplejo. Pero al menos no parecía enfadado.

«Estoy loca», pensó Clementine. «¿Por qué le he dicho eso? No le importa».

Serge experimentó aquella frustración que iba tan ligada a esa mujer. ¿A qué estaba jugando?

Cuando Clementine se abrió paso entre la multitud, su primer instinto fue seguirla, pero lo único que pudo hacer fue ver cómo se perdía entre la gente.

«Corre», pensó. «No llegarás lejos».

No quería hacer nada con Raisa hasta no haber intentado algo más descarado con Clementine, y eso requeriría tacto, pero cuando se quedara libre, iría tras ella.

Sería mejor que Clementine pudiera correr deprisa con esos tacones, porque acababa de declarar que era suya, y Serge iba a ir a buscarla.

Capítulo 5

CARIÑO, quieres alegrarte? Estás asustando a los demás pasajeros.

—Lo siento, no he dormido mucho —estaban haciendo cola para facturar sus maletas en el aeropuerto, y a las cuatro de la mañana se sentía agotada. Pero logró dedicarle una sonrisa a Luke.

—¿Sigues pensando en ese atractivo bestia? —preguntó Luke—. Ayer creí que me iba a soltar un puñetazo.

—Lo siento mucho —contestó ella—. No quería que te vieras implicado.

—Parece muy encariñado de ti, Clem.

—¿Qué? No, ya se ha acabado.

—Está bien. Pero no sé si él está de acuerdo.

Clementine frunció el ceño y avanzó por la fila. ¿Por qué hablaba Luke en presente? ¿Por qué la gente de la cola la miraba?

—Clementine —al oír su voz se dio la vuelta. Un acento ruso y profundo.

Serge. Estando tan cerca, ella no sabía dónde mirar. Así que levantó la cabeza y se encontró con sus ojos. No sabía qué decir.

—Ven conmigo a Nueva York, *kisa* —dijo él con una sonrisa.

¿Ir con él? Iba a subirse a un avión.

—¿Estas son sus maletas?

Para su sorpresa, un joven con chaqueta y corbata agarró su equipaje.

–Un momento. ¡Esas son mis cosas!

Serge hizo un gesto casual con una mano y el joven se detuvo.

–¿Has cambiado de opinión?

–No, pero... –miró a Luke.

–Tal vez quieras despedirte de tu amigo y venir conmigo –dijo Serge. Parecía celoso, lo que le recordó...

–¿Y qué hay de tu novia?

–*Sto?* –pareció perplejo.

–Anoche. ¿Recuerdas? Era tu cita. ¿O acaso somos tantas que empezamos a difuminarnos?

Luke se carcajeó.

–Raisa es una amiga, nada más –parecía ofendido, como si no pudiera creer que estuvieran teniendo aquella conversación.

La mujer que iba delante de ella miró a Serge de arriba abajo.

–Yo no confiaría en él, querida. Demasiado guapo.

Clementine se mordió el labio. Era divertido, y tenía que admitir que resultaba extremadamente excitante.

–Está bien –se oyó decir a sí misma–. ¿Por qué no?

Serge le ofreció su mano y ella la aceptó. Era grande y áspera, y envolvía la suya por completo. Resultaba muy íntimo. Incluso las manos de aquel hombre eran de fantasía.

–Te llamaré cuando llegue –le dijo ella a Luke, que sonreía y miraba a Serge como si fuera un admirador.

–De acuerdo, Clem. Diviértete, querida.

Habían recorrido solo unos cientos de metros cuando Clementine se dio cuenta de que estaban apartándose de la terminal pública.

–¿Dónde vamos?

–A mi avión.

–¿Tu avión?

–Un jet privado.

–Serge –dijo ella apretándole la mano con fuerza cuando llegaron a la pista–. Hay algunas cosas que quiero aclarar antes de que vayamos más lejos.

–Lo discutiremos cuando estemos en el avión.

–No, tenemos que discutirlo ahora. Tengo... –Clementine no sabía cómo expresarlo–. Tengo algunas condiciones y quiero saber que te parecen bien. No quiero malentendidos.

–No puedes hablar en serio.

–Claro que hablo en serio. Y quiero ser muy directa –se había quedado parada y le había soltado la mano–. No quiero que me trates como a una chica con la que acabas de ligar.

–Tengo intención de tratarte como a una dama. Francamente, Clementine, en Rusia no hacemos las cosas así. ¿No prefieres algo de discreción? Discutiremos tus condiciones cuando estemos a solas, pero puedo asegurarte que no habrá ningún «malentendido», como tú lo llamas.

Clementine le puso la mano en el pecho y sintió el movimiento de sus músculos al respirar profundamente. Le afectaba, y eso le gustaba porque respondía a su propio deseo por él. Pero no iba a darle rienda suelta a no ser que se sintiera completamente cómoda.

Sonrió por primera vez aquel día.

–Me alegro mucho de que vinieras a por mí, Serge.

–¿Te gusta el avión?

–Supongo –soltó un grito cuando él le pasó un brazo por la cintura y la tomó en brazos–. ¡Serge!

–*Da*, Serge.

La llevaba como si no pesara nada, y algo dormido

dentro de ella se despertó en respuesta a aquella demostración masculina de fuerza y dominancia. Estaba tomando el control y era más que evidente que a su cuerpo le gustaba.

Serge experimentó una satisfacción primitiva al tener a Clementine en brazos. Llevaba anticipando aquello desde la noche anterior.

Esas condiciones suyas... Nunca se había enfrentado a una petición tan directa por parte de una mujer. ¿Acaso pensaba que los regalos no iban a estar a la altura? ¿Y cómo compensaría ella con sus favores? No era que importase realmente; llegados a ese punto, estaba dispuesto a pagar cualquier precio.

–¿Cuánto cuesta todo esto?

Clementine se detuvo en seco e hizo un giro de trescientos sesenta grados para contemplar el vestíbulo del hotel. La elegancia discreta nunca le había parecido tan cara. Si a eso le añadía la limusina desde el aeropuerto, los demás coches de seguridad a su alrededor y el propio avión, el mundo empezaba a parecerse a Oz.

–De acuerdo, héroe, escúpelo –le dijo a Serge, y le dio la mano como si tuviera por costumbre entrar en hoteles de lujo con hombres ricos y poderosos–. Esto de la gestión deportiva... ¿a quién diablos llevas?

–A quién no, *kisa*, qué. Poseo una empresa que retransmite combates de boxeo y de artes marciales.

–Vaya –dijo ella–. Eso es... vaya.

–Veo que estás impresionada, Clementine.

Durante las doce horas de vuelo, de las cuales ella había dormido la mitad, Serge había sido un anfitrión ejemplar y se había encargado de todas sus necesidades antes de refugiarse detrás de su portátil a trabajar. Pero, una vez en tierra firme, empezaba a ver un lado más distendido de él.

La condujo hasta el ascensor y las puertas se cerraron tras ellos.

–De donde yo vengo, tu negocio se traduce como algo muy masculino. Eso explica muchas cosas.

Y allí estaba, la sonrisa privada que Serge llevaba tiempo esperando.

Le apartó el pelo de la oreja y se inclinó hacia ella.

–¿Qué cosas, Clementine? –susurró.

Ella se estremeció en respuesta.

–Toda la testosterona. Por eso pudiste vencer a aquellos dos tipos. Sabías lo que hacías.

–Desde que te conocí, eso es lo único que he estado seguro de hacer.

–¿No estás seguro de mí, héroe?

–Clementine, tengo la impresión de que ningún hombre ha estado nunca seguro de ti.

Le rodeó la cintura con el brazo, se inclinó hacia ella y le dio un momento para aceptar el hecho de que iba a besarla. Sus bocas se encontraron, él le separó los labios con la lengua y no le dio tiempo a apartarse.

La pegó a su cuerpo y Clementine se derritió. Gimió sin poder evitarlo y le rodeó el cuello con los brazos. Sentía su cuerpo duro contra ella, y el roce de su lengua en su labio inferior le provocó una reacción casi imposible de controlar.

Las puertas del ascensor se abrieron con un leve pitido y Serge se apartó de ella. Solo había sido cuestión de segundos, pero le había parecido una eternidad, y Clementine no podía creer que se hubiera dejado afectar tanto por un beso. Con la boca temblorosa y los pezones erectos bajo el sujetador, tiró del vestido hacia abajo. Se le había subido hasta los muslos.

Le vio usar una llave electrónica en la puerta mientras ella intentaba calmarse. Nunca habría pensado que un beso pudiera provocarle aquello, y de pronto toda la certeza de lo que estaba haciendo comenzó a disiparse.

Serge la hizo pasar, con una mano en su espalda. Clementine necesitaba mantener la cabeza despejada si quería superar aquello.

—Vaya —dijo al entrar en la suite—. Esto es... increíble.

La extravagancia de la suite del hotel era otro recordatorio de quién era Serge. Un hombre rico, que podía comprar muchas cosas para ser feliz. Incluyendo mujeres.

Pero no a esa mujer. Clementine tenía que dejarle eso claro de alguna manera.

—No estoy tan impresionada, ¿sabes? El dinero no me afecta.

—¿Y qué te afecta, Clementine?

—La sinceridad.

El pulso se le iba acelerando mientras recorría las habitaciones; el salón, el comedor con asientos para veinticuatro personas, el piano de media cola. Se detuvo y deslizó los dedos por una octava.

—¿Tocas, *kisa*?

—De oído —contempló su expresión acalorada y un torrente de excitación recorrió su cuerpo—. Aprendo rápido.

Se apartó del piano y se dio cuenta de que Serge estaba evaluándola con la mirada. Tenía que mantener la cabeza despejada con aquel hombre. Tenía que retenerlo un poco más hasta recuperar el control.

—Vamos, mi héroe, veamos qué más podemos encontrar.

El corazón se le desbocó al entrar en el dormitorio, sabiendo que su enorme tigre siberiano iba detrás.

Con las mejillas sonrojadas y la respiración entrecortada, asomó la cabeza por la puerta del baño.

–Vaya, eso sí que es una bañera.

–¿Te apetecería hacer uso de ella, Clementine? –preguntó él desde atrás.

–Ahora no –respondió ella, sorprendida de lo firme que sonaba su voz. Sentía su cuerpo a pocos centímetros de distancia.

Oyó cómo su cremallera empezaba a bajar y de pronto supo que no podía hacerlo.

Pocos días atrás se había preguntado si podría manejarlo, y empezaba a descubrir que la respuesta era no. Un rotundo no.

Se dio la vuelta y levantó una mano como si estuviera deteniendo el tráfico.

–Espera un momento, acabamos de llegar –dijo–. ¿Y si cenamos y vemos una película primero?

Él deslizó una mano por su cintura y la acercó a su cuerpo con una sonrisa perversa. Entonces Clementine se dio cuenta de que no estaba tomándola en serio.

–Oye –insistió dándole un empujón en el pecho–. He dicho que no. Las manos quietas.

¿Hablaba en serio? Serge frunció el ceño. Hablaba en serio. La soltó lentamente, pero Clementine se apartó con tanta brusquedad que se golpeó la cabeza con el marco de la puerta.

Levantó la mano para frotarse la zona afectada y le guiñó un ojo.

–He dicho que primero cenamos y vemos una película –repitió. No le gustaba sentirse así; un poco tonta y a la defensiva.

Le mantuvo la mirada, desafiándolo a contradecirla.

No era una novata en eso, pero Serge Marinov era algo más allá de su experiencia. Simplemente no se sentía preparada para perder tanto el control, y ese beso en el ascensor había desatado sus alarmas. Aquel hombre podía aniquilar todas sus inhibiciones, y no quería despertarse a la mañana siguiente con una nota en la almohada dándole las gracias.

No era ingenua. Tenía la impresión de que Serge la veía como una mujer mucho más sofisticada de lo que realmente era, pero probablemente debería hablar con él al respecto. Lo cual hacía que lo de la cena resultase una idea excelente.

—¿Una cena y una película? —repitió él—. ¿Son tus condiciones?

—No son condiciones. Simplemente me pareció que sería agradable —respondió ella—. Normal.

Agradable. Normal. Serge estaba intentando comprender lo que acababa de suceder. Había pasado de verse tentado por una sirena hacia el dormitorio a estrellarse contra las rocas.

Se acordó de aquella cafetería en San Petersburgo, recordó haberse sentido como un bruto por disgustarla. O Clementine estaba jugando a un juego muy inteligente o él lo había interpretado todo mal. Si lo había interpretado mal, y aquella Clementine insegura que no dejaba de aparecer era la verdadera, entonces el hombre tradicional ruso que yacía bajo su sensibilidad moderna iba a salir a la superficie. Y tenía que controlarlo.

Sabía hacia dónde le llevaría aquello.

En cualquier caso, no la presionaría. Sería injusto para los dos. Sobre todo si lo que había entre ellos resultaba ser tan incendiario como sospechaba que sería.

Clementine dejó su ropa en una de las habitaciones de invitados, preguntándose qué diablos creía que estaba haciendo. Serge se había cambiado y le había dicho que iba abajo a hacer uso del gimnasio durante un par de horas. Regresaría para llevarla a cenar a las siete.

Ella había esperado poder pasar algo de tiempo con él antes de eso, pero, dadas sus acciones aquella tarde, no se había creído en la posición de intentar disuadirlo. Había dicho algo sobre tener que quemar un exceso de energía, lo cual ella podría haber interpretado como un halago. Pero la había dejado indiferente.

Dobló la última de sus camisetas, se desplomó sobre la cama y pasó una mano sobre la colcha de satén dorado. Definitivamente estaba en la tierra del lujo, con un hombre del que apenas sabía nada, pero una parte de ella gritaba entusiasmada mientras se lanzaba por el barranco que sabía que sería aquella semana con Serge. Él había estado a punto de arrastrarla a los rápidos aquella tarde, pero ella se había apartado en el último minuto.

Clementine la cautelosa. Puso una cara al recordar el apodo que Luke le había puesto y miró el reloj. Hacía menos de una hora que Serge se había marchado. Clementine sonrió y comenzó a quitarse la ropa.

Serge golpeaba los puños enguantados contra el saco, sintiendo las sacudidas en los brazos, disfrutando del impacto. No podía creer la escena que había vivido con Clementine. Era como volver a tener diecisiete años y no estar seguro de si estaba bien meterle la mano a una chica por debajo de la camiseta si ella no había dado su consentimiento explícito.

El sudor le nublaba la vista. Se apartó del saco y se secó la frente con una toalla. Se la colgó del hombro y buscó su botella de agua.

–¿Estás buscando esto? –Clementine estaba de pie frente a él con la botella de agua y una sonrisa.

Llevaba unos pantalones cortos de color rojo y una camiseta blanca. Se había recogido el pelo en una coleta.

–Gracias –dijo él.

–¿Puedo probar? –preguntó ella señalando al saco.

–Puede que esté un poco duro para ti –respondió él, intentando no quedarse mirándola. Algo de lo que Clementine parecía estar al corriente, a juzgar por su sonrisa.

La Clementine provocativa había regresado.

–Tú dame unos guantes, mi héroe.

Serge agarró un par de guantes más pequeños y él mismo se los puso, viendo su expresión mientras intentaba no acariciar su cuerpo con la mirada demasiado descaradamente.

–Acércate –ordenó–. Golpes pequeños. Mantén los hombros levantados. No te apartes.

La concentración de Clementine era absoluta. Se lo estaba tomando en serio. Serge deslizó la mirada por un momento hacia la curva de sus glúteos bajo aquellos pantalones. ¿Habría bajado allí deliberadamente para hacer pedazos los últimos vestigios de su autocontrol?

Clementine dio un grito cuando el saco regresó hacia ella y la tiró al suelo. Se quedó tirada, riéndose sobre la lona, mirándolo. Mientras lo miraba, él se quitó la camiseta empapada en sudor y se quedó allí de pie, con solo unos pantalones cortos que apenas se sujetaban a sus caderas. Había algo más que hizo que la risa de Clementine se convirtiera en un profundo suspiro de satisfacción femenina. Sus hombros, su pecho y su espalda eran poderosos y musculosos, y había un hilillo de vello oscuro que descendía por su abdomen y sobre el que ella deseaba deslizar sus manos. Pero, después de su actuación aquella tarde, no se creía con el derecho.

Él le ofreció una mano y ella la aceptó. La levantó del suelo con un solo brazo. Como muestra de fuerza resultaba impresionante. Pero lo que realmente le dejaba sin respiración era estar tan cerca de su cuerpo medio desnudo. Serge deslizó sus ojos verdes por su cara y siguió bajando hasta la altura de sus pezones, que se adivinaban bajo la camiseta.

–¿Realmente vamos a esperar hasta después de la cena y la película?

Ella se humedeció los labios. Estuvo tentada de contestar que no, pero entonces otras voces los interrumpieron y Serge se dio la vuelta maldiciendo en voz baja.

–Un gimnasio público –murmuró Clementine–. Vaya.

Otros tres hombres habían entrado en la sala.

–Voy a la ducha –dijo Serge–. Tú sube a la habitación, pero déjate puesta esa ropa.

Ella entornó los párpados y le dio un puñetazo en el bíceps.

–Primero la cena –dijo–. Pero lo de la película podemos dejarlo para otro momento.

Clementine se sorprendió cuando Serge insistió en acompañarla fuera antes de regresar para ducharse y cambiarse. Era un tipo chapado a la antigua en muchos aspectos, y eso le gustaba a su princesa interior. No era solo músculos y testosterona; tenía varias cualidades estelares, incluyendo los modales.

Se duchó y se puso un vestido de caftán rojo y dorado que se ataba a la cintura. Era sencillo, pero podría adornarlo con unas sandalias de tacón. Se recogió el pelo y se puso una flor de seda roja detrás de la oreja. Se aplicó el maquillaje y el rímel y se pintó los labios de rojo rubí.

Oyó el ruido de la bolsa de deportes de Serge al caer al suelo y salió a recibirlo. La miró de arriba abajo y levantó las manos.

–Me rindo, Clementine. A cenar.

Ella sonrió.

Capítulo 6

NO CENARON en el restaurante, sino en un restaurante exclusivo del Upper East Side de Manhattan. El menú era cocina francesa contemporánea, pero, francamente, Clementine podría haber estado comiendo sushi y no lo habría notado.

El hombre sentado frente a ella, con su traje y su corbata, centraba toda su atención. No la había presionado para ir a la cama, y ahora estaba cenando con ella en el escenario más civilizado que pudiera imaginar. Su conversación abarcó su vida en Londres y la de él en Nueva York. Pero, cada vez que ella se permitía posar su mirada en él, se lo imaginaba de pie junto a ella, medio desnudo, goteando sudor y testosterona en aquel gimnasio. Justo igual que había fantaseado con él la primera vez que le había puesto los ojos encima.

Sintió en la pelvis el calor que llevaba ahí gran parte de la cena. Había degustado el vino y la sopa, el plato principal y el postre a base de arándanos. Sentía las mejillas sonrojadas y los ojos le brillaban mientras escuchaba aquella voz acentuada que despertaba sus sentidos. Sabía que había tomado la decisión acertada al ir con él a Nueva York.

«No más duchas frías», pensó Serge al ayudar a Clementine a salir del taxi. Su libido se estiró e hizo algunas flexiones para calentarse.

Estaban de nuevo en la casilla de salida mientras el

ascensor los llevaba al piso cincuenta y tres, pero no se atrevió a tocarla. Quería estar muy seguro de que Clementine deseaba lo mismo que él. También quería discutir algunas condiciones. No quería que hubiera malentendidos cuando todo acabara; y en algún punto acabaría. Pero pensar en el final antes de haber empezado le parecía mal.

Con cualquier otra mujer habría hablado de eso hacía mucho, pero con Clementine lo había evitado. Ahora sentía la necesidad de llevarla a la cama y olvidarse de todo lo demás.

Se resistía a llamarlo romanticismo, pero Clementine había introducido desde el principio cierto elemento romántico en aquella situación, ni siquiera quería llamarlo relación. Serge quería hacerlo bien. Quería hacerlo a la manera tradicional y cortejarla.

Nada más abrir la puerta, la tomó en brazos. A las mujeres les gustaba eso, y Clementine no era ninguna excepción a la regla. Le pasó las manos por el cuello y le acarició la barbilla con el pelo. Lo que era diferente era lo mucho que Serge disfrutaba sujetándola así. Probablemente tendría algo que ver con su carácter esquivo. No podía escapar, y todos los músculos de su cuerpo parecieron disolverse al rendirse a su fuerza superior.

Las luces de la suite se activaban con sensores, e iluminaron su camino mientras la conducía hacia el salón. La intención de Serge era hacerle bajar la guardia besándola y dejar que las cosas fluyeran a partir de ahí.

—Preparemos café y charlemos un poco —sugirió ella, tiró de su mano y retrocedió varios pasos.

—No —contestó él tirando de ella. Clementine lo miró con aprensión, pero entonces dejó caer las pestañas y pareció decidirse.

Lentamente le rodeó el cuello con los brazos, pero, antes de que pudiera besarlo, él le desabrochó el lazo de la cintura. La soltó solo para separar el tejido de su caftán. Llevaba toda la noche observando aquel lazo, preparándose para aquel momento, y el efecto mereció la pena cuando Clementine dio un suave grito de sorpresa.

Pero no intentó cubrirse y, cuando Serge empezó a quitarle el vestido por encima de los hombros, ella se retorció para facilitarle la tarea y se pegó a su cuerpo llevando solo un sujetador y unas bragas negras. Serge imaginó que estaría intentando protegerse. Sintió que se quitaba los zapatos.

De pronto Clementine se sintió mucho más pequeña y menos segura en sus brazos. El vestido cayó a sus pies. Él deslizó la mano por su espalda y la posó en sus nalgas.

—Me siento un poco desnuda —dijo ella, pero fue la risa nerviosa la que le pilló por sorpresa. Serge no había esperado que se mostrara tan insegura—. ¿No podemos hacer esto en el dormitorio, como la gente normal?

—¿Cuál es esa normalidad de la que no dejas de hablar? —preguntó él en broma, con la voz rasgada por la excitación—. A mí esto me parece normal.

—No todos nos balanceamos normalmente sobre lámparas de araña —comentó ella, pero Serge advirtió que había empezado a quitarle la chaqueta, y la ayudó. Después le sacó la camisa de debajo del pantalón, pero él quería verle la cara.

Le puso un dedo bajo la barbilla y le levantó la cara hasta que sus ojos se encontraron.

—Te prometo que no nos colgaremos de la lámpara, aunque me lo ruegues.

Sus ojos grises se volvieron increíblemente suaves,

y todo su rostro comenzó a irradiar un calor y una confianza que él sabía que no merecía. Por un momento le distrajo la idea de que aquella mujer estaba tomándose aquello demasiado en serio.

Pero la sangre le hervía en las venas y, si no exploraba cada centímetro de su cuerpo esa noche, iba a explotar.

Clementine tomó la decisión por él al levantar los brazos y rodearle con ellos el cuello. Serge se rindió al torrente de deseo que sentía por poseerla, por conocerla.

Clementine le oyó murmurar algo en ruso al tiempo que extendía las manos sobre sus caderas y las deslizaba hasta su trasero antes de besarla. Su boca era como la recordaba; cálida, pero tierna al mismo tiempo, lo que le robó la poca voluntad que pudiera quedarle. La sedujo con su boca, besándola hasta hacerle perder el sentido, y fue entonces cuando ella empezó a explorar su cuerpo.

Alcanzó el botón y la cremallera de sus pantalones y metió la mano por debajo. Soltó un murmullo de sorpresa. Descubrió su tamaño y su forma mientras él respiraba entrecortadamente.

—Sigue así y esto acabará antes de empezar —murmuró él en su oído.

—No me lo creo —respondió ella, pero Serge la levantó del suelo y finalmente la llevó hasta el dormitorio, y allí la tendió sobre la colcha. Después comenzó a desabrocharse la camisa metódicamente.

Clementine se quedó tumbada, mordiéndose el labio mientras veía sus hombros grandes emerger, después su torso musculoso, cubierto con aquel vello oscuro que recordaba.

Se quitó finalmente los pantalones y los bóxers, y ante ella aparecieron sus muslos, y aquello que ella había tenido en su mano minutos antes. Entonces Serge se tumbó con ella en la cama.

Le acarició la cara y orientó su boca hacia él antes de besarla. Enredó los dedos en su pelo para soltárselo mientras la besaba.

Deslizó la mano por detrás de su rodilla, ascendiendo por el muslo hasta apretarle las nalgas.

Clementine comenzó a temblar al sentir sus dedos abrirse paso bajo la seda de sus bragas, anticipando cada movimiento que hacía. Pero, cuando su mano siguió con la exploración por encima de su cadera hasta llegar a la cintura y subió después por las costillas hasta cubrirle el pecho, ella sintió que aquello no le resultaba familiar. No iba a arriesgarlo todo. Estaba tomándose su tiempo.

Sintió el pulgar acariciando su pezón mientras él la besaba de nuevo y manejaba su cuerpo con soltura.

—Sabía que tendrías un cuerpo increíble —le dijo él—, y es más hermoso de lo que imaginaba.

Ella se desabrochó el sujetador y dejó al descubierto sus pechos, tratando de no mostrar la ansiedad que sentía.

—Y además mejora —murmuró él. Le acarició un pecho con la mano para explorar su forma, agachó la cabeza y le lamió un pezón.

Clementine lanzó un grito de impotencia y arqueó la espalda. Sabía cómo hacerlo, o pensaba que sabía, pero Serge parecía conocer su cuerpo mejor que ella misma.

Cuando estaba ya casi gritando de necesidad, él levantó la cabeza, rozó su pezón con la piel áspera de su barbilla y vio cómo se estremecía. Clementine nunca antes había sentido algo así; el deseo, la magia de tener toda la atención de un hombre puesta en su placer. La atención de aquel hombre estaba más allá de su experiencia.

Serge deslizó la mano por encima de su cadera e introdujo el pulgar bajo sus bragas. Después se colocó entre sus muslos y, con un guiño, orientó la boca hacia su lugar más oculto.

Clementine echó la cabeza hacia atrás y gritó al sentir el placer que le nublaba la vista. Se sentía hinchada y muy sensible. Cuando Serge comenzó a acariciarle el clítoris con la lengua, se dejó llevar y sus gritos inundaron la habitación.

Serge se colocó sobre ella e hizo una breve pausa para ponerse un preservativo. Y de pronto estaba en su interior. Solo le dio un momento para acomodarse antes de empezar a moverse, y el placer comenzó a aumentar de nuevo. Clementine se aferró a su cuello y él cubrió su boca con besos de pasión mezclados con palabras en ruso que Clementine no entendía. Sus ojos se habían oscurecido por el placer. No dejaba de mirarla, como si quisiera comprobar el nivel de su placer, pero también mostrarle el suyo.

Clementine oía su respiración rasgada, los latidos desbocados de su corazón, el olor cálido de su piel masculina. Había empezado a sudarle la espalda, y ella también disfrutó de eso; le encantaba su masculinidad. Entonces ocurrió. Una serie de dulces ondulaciones inesperadas se extendieron desde su pelvis hasta sus dedos, haciendo que se le erizase el vello.

–¡Serge!

–*Da*... Serge –en respuesta, él la embistió más deprisa, con más fuerza.

Clementine llegó al orgasmo y se dejó llevar. Se contraía alrededor de su miembro y, con un gemido profundo, él alcanzó el clímax en su interior. Cuando acabó, ella se dejó caer sobre el colchón con él encima.

Cerró los ojos y aspiró su olor. Su cosaco.

Clementine sintió la ausencia de su peso aunque hubiese estado encima de ella durante solo unos segundos. Serge tenía los ojos cerrados, y respiró profundamente un par de veces, como si estuviera regresando a la realidad. Ella sabía cómo se sentía. Apenas se reconocía a sí misma en la mujer que se había aferrado a él entre gritos, alentándolo a seguir, a hacerle sentir más.

Giró la cabeza sobre la almohada y lo miró.

Hermosa. La había llamado hermosa.

Se sentía hermosa.

Estiró el brazo y le acarició el hombro. Él abrió los ojos y la miró. El corazón se le aceleró de golpe.

Serge se acercó a ella y le acarició la mejilla con el pulgar.

—Pensé que te había soñado en aquella tienda –dijo con voz grave–, pero aquí estás. Toda mía.

Los ojos de Clementine se suavizaron y los pensamientos de Serge frenaron en seco. No sabía qué era lo que deseaba de ella, pero no era aquello. Aquella cercanía, aquella conexión. ¿Por qué diablos le habría dicho aquello?

—Serge, hazme el amor –dijo ella separando los muslos en una invitación explícita.

—Será un placer –respondió él antes de ponerse encima.

Cuando Clementine volvió en sí, se encontró sola. Por un momento se preguntó si todo habría sido un sueño, pero entonces se giró hacia el lugar donde él había dormido y hundió la cabeza en la almohada para aspirar los restos de su olor. No era un sueño. Era la chica más afortunada del mundo.

Sentía cierto dolor entre los muslos. De hecho todo

su cuerpo estaba un poco dolorido. Le asaltaron los recuerdos; sus manos recorriéndola. No pudo evitar sonreír. ¿Dónde habría aprendido a hacer esas cosas? ¿Cuándo volverían a hacerlo? Se incorporó y frunció el ceño. Tal vez no aquella mañana.

¿Debía levantarse e ir a buscarlo? ¿Qué iba a decirle? Volvió a tumbarse en su lado de la cama y disfrutó del momento. Nada podía echar a perder aquella sensación.

Estiró el brazo y palpó con la mano algo duro y frío junto a la almohada. Se dio la vuelta y colocó la mano sobre una pequeña caja roja.

Mientras la abría, un escalofrío recorrió su pecho.

Los diamantes le devolvieron su brillo desde el interior de la caja. Ni siquiera se atrevió a tocarlos. Había una nota pegada. *Póntelos esta noche. Volveré a por ti a las siete. Vístete bien.*

Clementine no supo cuánto tiempo se quedó allí sentada, con la cajita a su lado. «Te ha comprado», le decía una voz en su cabeza. «Piensa que estás en venta».

Le llevó un rato calmarse, pero, al hacerlo, comenzó a pensar de manera más racional.

Serge no tenía ni idea de su pasado. No podía saber que una joya así podía enfurecerla. Se dijo a sí misma que probablemente aquel fuera su *modus operandi*.

No pudo evitar sonreír.

Tal vez Serge Marinov fuera un tipo rico que cautivaba a las mujeres para que calentaran su cama, pero eso no era lo único. Clementine había visto lo suficiente para saber que era un buen tipo. No se habría acostado con él la noche anterior de no ser así.

Se había comportado de manera impecable; con ternura, pasión y romanticismo.

Pero no sabía cómo afrontar la mañana de después.

Clementine agarró la cajita y la lanzó sobre la mesilla. Después caminó descalza al cuarto de baño. «Ojos que no ven, corazón que no siente», pensó.

Serge no había dejado de pensar en ella en toda la mañana. Durante la aburrida reunión con el comité del estadio, durante la foto con el alcalde, durante la puja por algunos locales en California. Durante todo ese tiempo había estado pensando en la chica que había dejado en la cama al amanecer.

Había estado a punto de llamarla en varias ocasiones, pero el instinto de supervivencia había sido más fuerte. En cuanto la llamara, sería como abrir un canal de comunicación entre su vida laboral y la mujer que había en su cama. Nunca antes había hecho eso, y no iba a empezar ahora.

—Serge, no estás con nosotros —la voz de Mick irrumpió en sus pensamientos y le hizo volver al presente y a su despacho.

No, no estaba con ellos. Serge controló sus pensamientos y contempló las estadísticas que Alex le había entregado. La palabra de Mick era buena, pero Alex Khardovsky, presidente de la Corporación Marinov, siempre le mostraba las cifras fríamente, y Serge sabía que solo se podía confiar en las cifras. Al contrario que las personas, ellas nunca le decepcionaban.

—¿Entonces vas a venir a echarle un vistazo al chico? —estaba diciendo Mick.

La cena con Clementine. Iba a tener que posponerla.

—Te veré allí a las siete —de camino se pasaría por el hotel; disfrutaría de uno rapidito con la hermosa mujer que había dejado en su cama.

—Quiero repasar estas cifras contigo, Serge. ¿Vamos

a por algo de comer y nos reunimos con Mick en el gimnasio?

–No, tengo que pasarme por el hotel. Me llevaré esto conmigo.

Alex sonrió.

–¿Una mujer? Ya me parecía que estabas inusualmente animado.

Normalmente a Serge no le habría importado confirmar o negar una pregunta de Alex. Era su más viejo amigo. Pero el recuerdo de los ojos de Clementine mientras la abrazaba le hizo abrir la boca y volver a cerrarla. Negó con la cabeza.

–Aún tenemos que hablar de Kolcek –dijo Mick–. Tienes que hacer algo más que una conferencia de prensa. Tienes que poner tu cara en la marca.

Serge se cruzó de brazos.

–¿Y yo soy la imagen de una vida ejemplar?

Alex resopló, pero Mick negó con la cabeza.

–La publicidad lo es todo en este juego, y los dos lo sabéis. Tu imagen no es lo que las madres aplauden en sus casas, y eso es a lo que va dirigido todo este truco político sobre Kolcek. A los que apuestan les gusta verte con una cabeza hueca diferente cada día en los periódicos, pero no al público en general. Tienes que dejarte ver con una mujer decente. Dios, no debería haberos dicho esto.

–No pienso entrar en el juego de los medios de comunicación, Mick –contestó Serge–. Una cosa es el negocio y otra muy distinta mi vida privada.

–El problema es que no tiene nada de privada. ¿Qué me dices de esa mujer que lo contó todo sobre «mi vida con el empresario del boxeo Serge Marinov; los altibajos de un playboy de la jetset»? –Mick dejó caer sobre el escritorio la revista que llevaba.

Serge la ignoró.

–Apenas conocía a esa mujer. Me acosté con ella dos veces. Una vez más de lo necesario.

Alex levantó la revista.

–Le enseñaré esto a Abbey. Le encantará.

Serge sonrió, viendo el lado positivo. La mujer de Alex le reprendía sobre su estilo de vida cada vez que sus caminos se cruzaban.

Cuando Mick y Alex lo dejaron solo, aprovechó la oportunidad para llamar al móvil de Clementine. Ella contestó con aquel «Serge» susurrado que tanto le gustaba y prometió estar en el hotel en media hora.

El ático estaba en silencio cuando Clementine entró, pero todas las luces estaban encendidas. Estaba sudorosa después de pasar el día haciendo turismo, y quería bañarse y cambiarse, pero el corazón había ido acelerándosele sin remedio a medida que se acercaba al hotel, sabiendo que Serge estaría allí esperándola.

La intimidad que habían construido, y que había culminado en la noche anterior, parecía haber quedado a miles de kilómetros. El no haber pasado el día con él había hecho que sus sentimientos estuvieran a flor de piel, y se sentía un poco nerviosa; pero también excitada.

Serge estaba de pie en el balcón, con los brazos apoyados en la barandilla, contemplando la ciudad.

Clementine se detuvo en la puerta del balcón.

–Hola –dijo.

Él se dio la vuelta y en su mirada pudo ver la intensidad de todo lo que habían compartido.

–Hola –respondió

–¿Un día ajetreado?

—Todos son ajetreados —dijo él con una sonrisa–. Llegas tarde —añadió, aunque sin animosidad.

—¿De verdad? —sabía que llegaba tarde, pero él tampoco había estado a su lado al despertarse.

Serge entró en la habitación, cerró las puertas de cristal y deslizó las manos por sus caderas para atraerla hacia él. Clementine experimentó un deseo en su cuerpo que no tenía nada que ver con la resistencia de su cabeza.

Esperó a que él dijera algo, que aludiera de alguna forma a lo ocurrido esa mañana, pero simplemente agachó la cabeza y la besó.

Clementine le puso las manos en el pecho y se apartó diciendo:

—No tan deprisa.

Él la soltó y la desconcertó al darle una palmadita en el trasero.

—Corre, entonces.

Clementine se quedó mirándolo con inseguridad.

—Iré a cambiarme. No tardaré más de veinte minutos. ¿Vamos a algún lugar elegante?

—Ha habido un cambio de planes —le dio la espalda al caminar hacia la mesa para recoger su teléfono y sus llaves–. Tengo que ir al centro esta noche. No puedo llevarte a cenar.

—¿Vas a salir?

—Es por trabajo, Clementine. Ocurre todo el tiempo —con su expresión parecía querer decir: «acostúmbrate».

—Está bien —respondió ella–. Iré contigo.

—Vendrás... —Serge se detuvo y frunció el ceño–. No, no es lugar para ti.

—¿Qué es? ¿Una mezquita?

—Un gimnasio —dijo él–. Mucho sudor y testosterona.

–¿Igual que anoche?

Él se detuvo en su camino hacia el mueble bar y se dio la vuelta con una sonrisa.

–Tal vez, pero sin el añadido de un buen aterrizaje.

–¿Acabas de describirme como un buen aterrizaje?

–Tú me proporcionaste el buen aterrizaje, Clementine. Yo te describiría como un milagro de ingeniería natural.

Aquello no sonaba como un cumplido. No era lo que se le decía a una mujer con la que había hecho el amor por primera vez y a la que había abandonado a la mañana siguiente.

–Cuidado con las palabras bonitas, o harás que se me caigan las bragas –respondió sarcásticamente.

Él sonrió. Le gustaba eso en ella; hacía que tuviese que esforzarse. La otra Clementine, más suave y un poco insegura de sí misma, le metía ideas equivocadas en la cabeza. Como si tuviera que cuidar de ella.

–Voy a lavarme –dijo ella de manera forzada, temiendo que al regresar ya se hubiera marchado–. Ha sido un día muy largo.

Serge no intentó detenerla. Tenía derecho a estar molesta con él. No iba a poder hacer justicia a su precioso cuerpo aquella semana con todo lo que estaba sucediendo en el mundo actual. Pero podría compensárselo; aliviar su temperamento de una manera satisfactoria para ambos.

Clementine se desahogó llamándole todo lo que se le ocurrió mientras se desnudaba en el baño y se metía bajo el chorro de la ducha. ¿Dónde estaba el hombre atento que la había escuchado durante la cena y que había sido tan romántico la noche anterior?

«En el país de las hadas, Clementine», se respondió a sí misma, porque nunca había existido. Después de haberse acostado con ella ya se había cansado. Clementine había oído hablar de los hombres como él. Cuando se acababa la caza, se acababa el romance. Resopló. Había sido una idiota. El romance que había estado esperando ni siquiera había despegado del suelo porque nunca había existido tal romance.

Serge llamó una vez y después abrió la puerta del cuarto de baño. Allí estaba; una de sus fantasías hecha realidad. Clementine, desnuda, con el agua resbalando por su piel.

Ella se dio la vuelta al advertir su presencia y entornó aquellos preciosos ojos.

–Ni lo intentes, Marinov.

Pero Serge sabía las batallas que podía ganar, y aquella era una de ellas.

Se metió bajo la ducha completamente vestido y deslizó las manos por su cuerpo. Cuando ella abrió la boca para maldecir, él lo interpretó como una invitación para besarla.

Clementine se resistió durante al menos cinco segundos antes de extender las manos sobre sus hombros y pegarse a él.

«Muchos principios», pensó más tarde, sentada en la cama, envuelta en una toalla.

No podía dejar de revivirlo en su cabeza. Serge ni siquiera se había quitado la ropa, simplemente se había desabrochado los pantalones. Y ella no había tardado nada en igualar su deseo. ¿Qué diablos estaba haciendo? Debería haberle gritado, no haber tenido sexo con él.

Estaba tratándola como si fuera una comodidad.

Resultó más que evidente cuando él salió del baño

secándose el pelo con una toalla. Miró el reloj y maldijo en ruso.

–¿Vas a llegar tarde, Serge? –preguntó ella–. No importa. Diles a tus amigos que no pudiste mantenerla dentro de los pantalones. Estoy segura de que no es la primera vez.

–Es por trabajo, Clementine. Y el trabajo dura las veinticuatro horas del día. Bienvenida a mi mundo –lanzó la toalla sobre una silla y abrió un cajón–. Y, por cierto, la ordinariez no te va. Preferiría que siguieras comportándote como la dama que eres.

–Salvo cuando tengo las piernas alrededor de tu cintura en la ducha –respondió ella.

–Eso es.

Un torrente de ira invadió su cuerpo. Iba a marcharse de allí. Su semana de placer acababa de quedar reducida a una noche. Cuando regresara, ella se habría ido.

Pero, al pensarlo, clavó los dedos a la alfombra. «Oh, sí, Clementine», pensó. «Como si eso fuera a ocurrir. Nunca has estado con un hombre así y resulta excitante. Y, a pesar de todo, al menos quieres intentarlo y ver si puede ir a alguna parte. Además, te tiene comiendo de su mano y lo sabe. ¿Por qué iba a dejarte marchar? Mientras te desee, te quedarás».

Serge se puso unos vaqueros y la miró. ¿Qué sucedía? ¿Estaba furiosa? Le hablaba como si hubiera hecho algo para decepcionarla, y aun así había llegado al clímax con él en la ducha. ¿Verdad?

¿Sería ese el problema? ¿Lo habría fingido? Eso fue como un jarro de agua fría. Se enorgullecía de poder darle a una mujer el placer que merecía a cambio del regalo de su cuerpo, y la idea de no haber estado a la altura de las expectativas de Clementine hizo que quisiera remediarlo.

Caminó hacia ella y se arrodilló a sus pies. Clementine se quedó mirándolo con asombro cuando tiró de la toalla para dejar sus muslos al descubierto.

–¿Qué estás haciendo?

–Hacer las cosas bien. Túmbate y piensa en cosas bonitas.

Tenía que estar de broma. Clementine agarró la toalla y se la bajó hasta las rodillas.

–Ni te atrevas. Tus modales dejan mucho que desear.

–Te encanta, *kisa*.

–¿El qué? ¿Que me manoseen? –le temblaba un poco la voz con la rabia y la confusión que sentía–. El sexo no es simplemente algo físico, Serge. ¿No te has dado cuenta ya de eso? Y ya que estamos, la próxima vez que decidas entrar en el cuarto de baño, pregunta antes.

Serge se incorporó lentamente.

–Tal vez deberías haber mantenido tus gemidos a un volumen aceptable, *kisa*, y entonces habría oído el no.

–No he dicho que no. He dicho que podrías haber pregunta antes de invadir mi privacidad.

–Queja anotada –respondió él abriendo un cajón. No pensaba alimentar más su temperamento. Simplemente estaba mostrándose difícil porque iba a dejarla sola.

De acuerdo, no era un comportamiento muy caballeroso, pero no se trataba de eso.

¿De qué se trataba entonces?

Miró a Clementine, sentada en la cama, tirando del extremo de la toalla.

No quería dejarla así. Tal vez debería cancelar sus planes y quedarse con ella. No era así como tenían que salir las cosas. ¿Dónde estaba la chica feliz y divertida de la que había disfrutado el día anterior?

–¿Estás bien? –preguntó–. No te he hecho daño, ¿verdad? ¿Sientes irritación?

–Eres un auténtico príncipe –respondió ella poniéndose en pie–. ¿Lo sabes? –y con ese comentario enigmático salió de la habitación.

Nunca la había visto perder los nervios. Se le ocurrió entonces que tal vez podría haber manejado mejor la situación.

«¿Sientes irritación?».

De todas las cosas humillantes que podría haberle dicho... por no mencionar ridículas. Quedaba claro cómo la veía. Una chica tonta que no podía cuidar de sí misma. Pues iba a llevarse una sorpresa. Llevaba toda su vida cuidando de sí misma, y podía hacer frente a hombres engreídos como él.

Se vistió apresuradamente en el dormitorio de invitados y, cuando salió, vio que seguía allí.

–Si quieres que me quede, esta noche voy contigo –le dijo.

Serge se estaba poniendo la chaqueta y se detuvo. Le llamó la atención no lo que dijo, sino lo que llevaba puesto. Un jersey de cachemir azul que, en cualquier otra mujer, habría pasado desapercibido. Pero las curvas de Clementine lo convertían en algo llamativo. Demasiado llamativo para el gimnasio Forster.

En ese momento se le ocurrió que la única vez en que había visto a Clementine vestida de forma provocativa había sido la tarde que la había conocido. Desde entonces había vestido con modestia, cubierta hasta el cuello. No presumía.

–Así que ni se te ocurra discutir conmigo, Marinov

—continuó ella—. No querrás enfadarme más llegados a este punto.

Serge se fijó en su cuello y vio que no llevaba puesto el colgante de diamantes que le había comprado. Probablemente resultase inapropiado, teniendo en cuenta lo que llevaba puesto, pero no pudo evitar fijarse en el pequeño relicario que reposaba sobre la lana azul del jersey.

Era un relicario de niña, algo que debía de tener un valor sentimental, y parecía llevarlo todo el tiempo. Había notado que tiraba de él cuando estaba nerviosa, como en aquel momento.

—Aparentemente no he logrado hacerte feliz, Clementine, y eso es un problema.

Desde luego que lo era, pensó ella. Y no iba a decir que no pasaba nada, porque sí que pasaba. El sexo debería haberlos unido. Sabía que era una perspectiva muy ingenua. El sexo podía no significar nada en absoluto. Pero aquello no era normal. Le daba la impresión de que Serge estaba poniendo distancia emocional entre ellos.

—No estoy segura de lo que está pasando, Serge —contestó—. Me invitaste a pasar tiempo contigo, pero no estoy pasando tiempo contigo en absoluto.

—Sabías en lo que te metías cuando viniste conmigo, Clementine —respondió él—. No pienso disculparme. Trabajo duro. Juego duro. ¿A qué creías que te estabas apuntando?

—¿Apuntando? No sabía que estuviera apuntándome a nada —entonces se dio cuenta de lo que quería decir, y sucedieron dos cosas. El estómago le dio un vuelco y la cadena que tenía alrededor del cuello se rompió.

Se quedó mirando el relicario en su mano mientras la cabeza le daba vueltas con la revelación de que, para él, aquello no era más que una cita sexual.

–Haré que lo arreglen –se ofreció Serge, incapaz de soportar su tristeza y lo incómodo que se estaba poniendo.

–Puedo llevarlo yo misma a la joyería.

El corazón le latía con fuerza. Sabía que estaba siendo demasiado emotiva, pero el sexo nunca había sido algo casual para ella. En el fondo, desde el principio había sabido lo que Serge se proponía, y aun así se había embarcado en aquella aventura. Simplemente no había pensado en las consecuencias.

Cerró la puerta a la chica idealista que creía que tenía derecho a ser amada, la chica que se había arriesgado al subirse con él a aquel avión. Y sacó a la Clementine que llevaba años cuidando de sí misma; la Clementine que conocía el juego, la que sabía cómo hacer que una situación se volviese a su favor.

–Voy a ir –insistió con las manos en las caderas–. Me apunté para estar contigo, no para quedarme sentada en una habitación de hotel –le resultó agradable devolverle sus palabras–. Me sorprende que tengas citas, Serge, si así es como tratas a las mujeres. Aunque supongo que el dinero ayuda.

En un instante, la herencia tártara de Serge cobró vida. Entornó los párpados y su expresión se endureció.

–*Da, kisa,* el dinero ayuda.

De alguna manera había conseguido darle la vuelta a aquel insulto. Clementine se tensó y apretó los labios. Aquello se estaba desmoronando a toda velocidad y ella no sabía bien qué hacer para salvarlo.

–¿Entonces qué? –preguntó–. ¿Puedo ir?

Serge se guardó el teléfono en el bolsillo y la miró de arriba abajo. Era una chica guapa y podía defenderse sola. Le gustaba cuando arañaba. No le importaría que arañase con más fuerza. Pero lo que le conmovió fue el mensaje que proyectaba con aquel jersey ajustado. A pesar de toda su experiencia, Clementine no tenía ni idea.

Le dirigió una sonrisa y dijo:

—Siempre y cuando te pongas una chaqueta.

Capítulo 7

EL GIMNASIO era un sencillo edificio de ladrillo. Y Serge llevaba razón en lo del sudor y la testosterona. Le presentó a un hombre llamado Mick Forster, un hombre en forma de unos cincuenta y tantos, que se mostró cordial, pero no le prestó más atención. Los demás hombres en la sala se giraron al verla pasar. Clementine no se había sentido tan llamativa en toda su vida. Por una vez se alegró de llevar un uniforme neutral compuesto de vaqueros, jersey y una chaqueta de terciopelo negro.

Decidió no darle la mano a Serge. No quería ser la mujercita colgada de su brazo. Así que se cruzó de brazos y caminó por el gimnasio, observando a los atletas pelear, intentando no quedarse mirando demasiado tiempo a ningún hombre en particular.

Estaba en territorio masculino. No se parecía en nada a su bonito gimnasio de casa.

Así que Serge había empezado de esa forma. Interesante.

Regresó junto a él y lo encontró conversando con un grupo de hombres. Se sentó en un banco. Un joven bajito y corpulento subió al ring por debajo de las cuerdas. Un tipo más grande se enfrentó a él, y Clementine observó con interés mientras fintaban y lanzaban golpes. Era una práctica, y resultaba fascinante ver cómo los hombres golpeaban y daban patadas al aire. Era una especie de ballet masculino.

Se fijó en que nadie se sentó a su lado. No había nada amistoso en aquellos tipos, pero sospechaba que no era algo personal. Volvió a centrar su atención en Serge. Estaba hablando en voz baja con Mick Forster, y parecían absortos en el combate.

Entonces Mick dijo algo, y todo ocurrió de repente. Los golpes se volvieron reales. Clementine se estremeció cuando los cuerpos de los hombres colisionaron. Apartó la mirada, pero los sonidos seguían llegándole.

–Clementine, ¿quieres esperar en el despacho de fuera? –Serge estaba inclinado sobre ella, bloqueando la vista.

Ella asintió. Se sentía avergonzada y algo culpable.

–¿Por qué diablos la has traído aquí? –preguntó Mick cuando Serge regresó.

Serge se sintió molesto con él.

–Mi vida privada no es asunto tuyo, Mick.

–Es una distracción. Tienes que dejar de mirarle el trasero y centrarte en el juego. Un movimiento político contra esta organización y los estadios comenzarán a cerrar por todo el país.

–Si vuelves a referirte al trasero de Clementine, se acabó la conversación, Mick. ¿Entendido? –dijo Serge.

Mick Forster se puso en pie.

–Bien, bien... –fue todo lo que dijo. Después bajó la voz–. ¿Crees que querría darte la mano y dejarse fotografiar en algunos eventos de caridad?

Serge emergió cinco minutos después. Clementine se levantó.

–¿Has terminado?

–Nos vamos, *kisa*.

No era lo mismo que haber terminado, pero la llevó hasta el coche y, cuando estuvo sentada, dijo:

–Lo siento. Tenías razón. No debería haber venido.

Inesperadamente Serge la abrazó y le dio un beso en los labios.

–No, no deberías haber venido, pero ha sido culpa mía.

–¿Quién era? El luchador.

–Jared Scott. Vamos a ficharlo.

–¿Tan bueno es?

–Cuento con ello. Estamos invirtiendo mucho dinero en él.

–¿Cómo funciona? ¿Qué genera el dinero además de la venta de entradas?

–Las apuestas –contestó Serge–. Así funcionaba inicialmente. Pero la organización encontró patrocinio hace cinco años. Cuando los chicos se suban al ring dentro de dos semanas, aquí en Nueva York, estarán cubiertos de logotipos.

–¿Hay un campeonato a la vista?

–Los llamamos eventos. Ni lo preguntes.

Clementine apartó la mirada. Después de su actuación en el gimnasio, no creía que pudiera preguntarlo.

Serge no sabía por qué, pero sentía la necesidad de tranquilizarla. Había sentido aquello desde que la viera sentada en aquella cama, envuelta en una toalla, con la mirada perdida. Pero su instinto de supervivencia le hacía contenerse. No quería establecer ese tipo de dinámica en su relación. Pero aquello sí podía hacerlo.

Le apretó el muslo con la mano y ella levantó la mirada.

–Es sobrecogedor para una mujer entrar en ese ambiente. Lo has hecho bien.

Resultaba desconcertante darse cuenta de que Serge

le había leído el pensamiento. Aun así ella empezaba a anticipar los suyos.

—¿Voy a poder verte durante el día?

—Ya sabes por qué tenía que regresar a Nueva York. Es una época del año complicada para mí —respondió Serge, intentando mantener un tono razonable. Sabía que aquella pregunta se avecinaba. Todas las mujeres con las que salía se la hacían. Todas deseaban un tiempo que él no tenía.

—Es que solo tenemos una semana.

—¿Y si te quedas cuando termine la semana?

—¿Quedarme?

—Después de lo de anoche y lo de hoy, Clementine, estaría loco si te dejara ir.

—Oh —se refería al sexo. Empezaba a hacerse una idea.

Serge observó que, instintivamente, ella había levantado la mano para agarrarse el relicario que ya no estaba allí.

—¿No te interesa? —preguntó.

—Tengo un trabajo, Serge. Tengo mucho morro al haberme tomado una semana libre. No sé si podría tomarme otra.

—Entonces deja el trabajo.

La despreocupación de un millonario. ¿Realmente creía que era tan fácil para ella?

—No puedo dejar mi trabajo. Es importante para mí. Además tengo piso y una vida que financiar, por no mencionar que quedaría bastante mal en mi currículum.

—Clementine, no creo que entiendas lo que estoy proponiéndote.

—¿Dos semanas en tu cama a cambio de la carrera por la que tanto he trabajado? Me parece que no.

—Estaba pensando en algo con un final un poco más abierto —dijo él, consciente de que Clementine estaba a punto de rechazarlo.

–No sé, Serge. Hasta ahora no has hecho muchos esfuerzos. Hoy no te he visto en todo el día, y después de lo de anoche, ha resultado... raro.

–¿Raro? –repitió él, como si Clementine estuviera hablando en otro idioma.

–Me he sentido un poco... utilizada –confesó ella.

–¿Qué es lo que necesitas, Clementine?

–Tiempo. Contigo.

Estaba pidiéndole la luna.

Los diamantes eran algo mucho más fácil.

Aun así, intentó centrarse en lo único que ella parecía estar pidiendo y que él podía darle.

Tiempo en su cama. Tiempo con él. Tiempo para los dos.

Clementine se preguntó qué significaba aquel silencio.

–¿Serge?

Una sonrisa perezosa iluminó aquella boca que ella había ansiado besar la primera vez que lo había visto.

Jamás se había sentido así con un hombre. Desde el principio Serge había encendido algo dentro de ella. Se sentía como una mujer cuando estaba con él, no como una chica torpe tropezando por la vida. No quería que terminase. No quería renunciar a él. Pero no quería perder el respeto en sí misma si él solo la veía como una comodidad.

–Sacaré tiempo –respondió él, y de pronto Clementine se vio envuelta en aquellos brazos musculosos mientras la besaba como había soñado que la besara aquella mañana.

Desde entonces Clementine se levantó temprano cada mañana de la semana. Se aseguraba de ello. Significaba que dormía mal, a saltos, pero en cuanto daban las seis y Serge empezaba a moverse, ella abría los ojos y lo esperaba.

Le rodeaba el cuello con los brazos y se aferraba a él, hablaba medio dormida de lo que había planeado para el día: una galería, un paseo por el centro o por Central Park. Serge la escuchaba, y poco a poco ella iba enterándose de las cosas que él haría. Comprendió que no estaba acostumbrado a dar explicaciones, pero estaba haciendo un esfuerzo por ella. Era un comienzo.

El viernes, la falta de sueño pudo con ella. Fue la luz en su cara lo que la despertó, y se encontró en una cama vacía. El corazón le dio un vuelco. Porque aquello señalaba lo que había estado evitando desde aquella primera mañana: aquello no era el comienzo de una relación, sino una aventura sexual.

La gente lo hacía. Tenía amigas que se acostaban con hombres solo por el disfrute sexual. Era una parte natural de la vida. Aparentemente.

Pero ella no. Ella tenía sexo en las relaciones; sexo entre dos personas que se tenían un cariño mutuo y miraban hacia un futuro en común. El hecho de que ella hubiese puesto fin a sus dos únicas relaciones no hacía que fuese menos cierto. Se metía en ellas con inocencia, creyendo en el amor, hasta que Joe Carnegie le mostró lo básicas que podían ser las relaciones entre los hombres y las mujeres.

Y esa experiencia la atormentaba. No se había dado cuenta de cuánto hasta que conociera a Serge. Pendía sobre ella como la espada de Damocles. Tenía miedo de entregarse demasiado, de abrirse y que Serge lo redujera todo a algo sórdido.

Se incorporó y miró a su alrededor.

Seguía sin acostumbrarse al lujo. Pero le parecía algo vacío sin él, y sobre todo hacía que se sintiese incómoda. Al fin y al cabo, no era como si tuvieran una relación de verdad.

La puerta se abrió y Serge entró con dos tazas de café.

—Ya estás despierta —dijo.

—Serge —Clementine no pudo disimular el placer al verlo.

—Cúbrete, o no me haré responsable de mis actos. Y tenemos que darnos prisa. Voy a llevarte a los Hamptons este fin de semana.

—¿Ahora?

Serge se quedó mirando su cuerpo desnudo.

—Me lo estás poniendo difícil. Sí, ahora.

Clementine salió de la cama de un salto y corrió hacia la puerta.

Serge contempló su trasero salir de la habitación. Le gustaba despertarse cada mañana con Clementine al lado, y no iba a fingir que no era así; incluso disfrutaba llamándola durante el día y oyendo aquel «Serge» sin aliento, como si no pudiera creerse que la hubiera llamado y fuese a dejarlo todo para ir con él. Cosa que nunca hacía. Era muy independiente. A pesar de todas las muestras de afecto, Serge tenía la sensación de que era como una mariposa; delicada, juguetona y difícil de atrapar. Seguía con su carácter esquivo, a pesar de la semana que habían pasado juntos.

Probablemente explicaba por qué lo tenía tan cautivado.

Cada vez le quedaba más claro que Clementine no entendía realmente lo que significaba ser la chica de un millonario. Empezaba a sospechar que él era su primera incursión en ese mundo. Si su reacción a la suite del ático le había hecho dudar, su negativa a ponerse el collar de diamantes se lo había confirmado.

Empezaba a pensar que no tenía ni idea de lo que significaba todo aquello; y a él le pasaba lo mismo.

El viaje en helicóptero fue increíble. Las vistas de la ciudad eran como una película. Mientras sobrevolaban la costa atlántica, Clementine se inclinó para contemplar la playa.

–No tienes miedo, *kisa* –gritó Serge por encima del ruido de las hélices.

–Tengo algunos miedos, pero no a las alturas –respondió ella–. Dime que no es ahí donde vamos a alojarnos.

Se trababa de una enorme casa blanca situada junto a las dunas que daban a la playa.

Cuando llegaron al helipuerto, Serge le dio la mano y la condujo hacia la casa.

–Bienvenida a casa, Clementine.

–¿Vives aquí?

–Estoy pensando en comprarla. Ahora mismo la tengo alquilada.

–¿Y qué hay de San Petersburgo?

–En invierno. Cuando puedo.

–¿Me haces una visita guiada por la casa?

–Será un placer –contestó él con una sonrisa.

Mirando a su alrededor, Clementine no pudo evitar ser consciente de la brecha entre ellos. Él daba por sentado aquel lujo. Ella se preguntaba qué diría si viera su piso compartido, con sus dos dormitorios y una alcachofa de ducha sobre la bañera. Al imaginárselo en su baño se carcajeó, y él la miró extrañado.

–¿Qué te hace tanta gracia?

–Estaba pensando qué hace una chica de clase media de Melbourne en la casa de verano de un millonario ruso en los Hamptons –respondió ella.

–Disfrutar de las comodidades. Está todo a tu disposición, Clementine. La pista de tenis, la piscina, la sala de juegos, el teatro. Y, por supuesto, el océano Atlántico.

Habían llegado al otro extremo de la casa y salieron a la terraza, que se extendía como la proa de un barco hacia las dunas y el océano.

–Es inmensa. No puedes vivir aquí tú solo.

–Este verano la utilizaré para traer visitas –contestó él encogiéndose de hombros–. Y ahora mismo no vivo aquí solo. Te tengo a ti.

Clementine trató de no disfrutar demasiado con aquel comentario, pero tuvo que agachar la cabeza para disimular su sonrisa. Serge estaba siendo muy dulce. Desde aquella conversación en el coche, cuando regresaban del gimnasio de Mick Forster, había sido todo lo que ella necesitaba; atento, considerado, cuidadoso. Era muy fácil olvidar que ella estaba allí solo de paso.

Aunque él había dicho que deseaba más. Y, después de una semana, ella también. Lo miró y se preguntó cómo abordar el tema. Era difícil para ella. La habían decepcionado muchas veces en el pasado.

Serge la dejó para irse a hacer unas llamadas. Incluso en fin de semana su trabajo no paraba. Mientras Clementine deambulaba por la cocina, imaginando las comidas que podría preparar allí, pensó que no debía preocuparse por las demás mujeres en la vida de Serge. Su rival era el trabajo. Si iba a quedarse con él, tendría que encontrar un trabajo, y se le ocurrió que, si la Corporación Marinov se enfrentaba a un importante ejercicio de relaciones públicas, tal vez sus habilidades fueran necesarias.

Serge reapareció un cuarto de hora más tarde, llevando solo un bañador. A Clementine le temblaron un poco las piernas, pero se dijo a sí misma que no iba a desnudarlo y a hacer algo remotamente sexy con él en la cocina, pues estaban a plena luz del día y cualquiera podría entrar.

—¿Te apetece que vayamos a nadar? –preguntó él.

—No tengo traje de baño.

—Yo me ocupo de todo –contestó Serge guiñándole un ojo.

—No pienso ponerme algo que pertenecía a cualquier chica que trajiste aquí.

—He hecho que te traigan todo un armario de verano, Clementine. Sabía tu talla por la ropa que ya tenías.

—¿Me has comprado ropa?

—Sí. Soy un príncipe.

De acuerdo, estaba convirtiéndolo todo en una broma. Clementine podría relajarse. No iba a ponerse un vestido de diseño y a colgarse de su brazo. Aquello era algo informal. Algo entre ellos dos. Era su casa de verano.

La había llevado a su casa.

Tenía que relajarse.

Entonces se sonrojó, un poco desconcertada por la idea de que Serge conociera sus medidas.

—Estoy esperando a que me sermonees por haberte comprado ropa, *kisa*.

—Pues espera sentado –respondió ella con un golpe de melena.

Resultaba muy agradable nadar en el Atlántico. Clementine había crecido junto a la playa, y era lo que más echaba de menos viviendo en Inglaterra. Allí había playas, pero nada comparado con lo que tenía en casa.

Serge nadaba a su lado. Allí era un hombre diferente.

Se reía y bromeaba, y parecía haber dejado atrás la ciudad y todas sus tensiones.

Cuando salieron del agua se sintió lo suficientemente segura para sacar el tema que llevaba todo el día ensayando en su cabeza.

–Serge –dijo–, he estado pensando en lo que dijiste; sobre que me quedara aquí.

Él la acercó a su cuerpo y deslizó la mirada sobre el biquini rojo que se ajustaba a su piel mojada.

–Eso suena prometedor.

–Estaba pensando que tal vez podría trabajar para ti. Debes de tener un departamento de relaciones públicas inmenso.

–*Nyet*. No, desde luego que no. No es lugar para ti.

–¿Qué quieres decir? Soy muy buena en mi trabajo.

–No me cabe la menor duda. Pero no trabajarás en el mundo del boxeo, Clementine. No mientras estés conmigo.

Ella lo miró con tristeza. ¿Por qué tenía que sacar ese tema? Parecía que todo tenía un límite de tiempo. Deseaba olvidarse de eso, disfrutar del momento con él si el momento era lo único que podía darle.

–Escucha –le agarró la barbilla con el pulgar y el índice–. Puedo recomendarte a muchas compañías de moda de la ciudad. Conseguirte un trabajo no es problema.

–Preferiría conseguir un trabajo por mis propios medios, Serge.

–¿Eso significa que te quedarás? –preguntó él deslizando las manos por detrás de sus hombros.

–Podrías convencerme.

La tenía. Serge intentó ignorar el torrente de excitación que recorrió su cuerpo. Que cualquier otra mujer hubiera cambiado su vida para ajustarse a la suya habría

activado sus alarmas, pero deseaba aquello. No deseaba
que Clementine regresara a Londres. La necesitaba un
poco más; hasta que pudiera quitarse de encima aquel
deseo mediante el sexo inventivo.

Salvo que no era particularmente inventivo. En su
imaginación visualizaba las diversas situaciones, pero
la realidad era que cuando ella estaba en sus brazos, se
trataba de perderse el uno en el otro, en los besos, en
las caricias. Clementine no mostraba ninguna habilidad
especial, y ni siquiera iniciaba nada entre ellos. Aunque
él tampoco le daba mucho tiempo para hacerlo. No se
cansaba de ella, y lo único que le frenaba un poco era
la impresión de que Clementine seguía adaptándose a
él y a las realidades de su relación sexual. A veces
adoptaba una expresión vulnerable, y en vez de desnu-
darla, él se acurrucaba a su lado; y se decía a sí mismo
que aquello no demostraba nada salvo que era sensible
a sus necesidades.

Aquella noche el sexo fue rápido y feroz. Clementine se quedó profundamente dormida casi inmediatamente después de haber acabado.

Él la había agotado. La idea alimentó un ego masculino que no sabía que necesitase alimentar. Aun así se
quedó despierto mucho tiempo después, con la luz de
la luna bañando la cama y el rostro de Clementine iluminado sobre la almohada junto a él. Era la mujer más
hermosa que había visto jamás. Pero sus rasgos eran ligeramente irregulares, tenía pecas por todo el cuerpo, y
el más encantador de los ronquidos. No entendía por
qué todo aquello realzaba su belleza.

Debió de quedarse dormido, porque se despertó al
oír su voz en el oído. Estaba diciéndole cosas, y al prin-

cipio solo la escuchó. Lo abrumador que había sido para ella llegar a Londres tres años atrás, sin conocer a nadie, todos los problemas en los que se había metido, los trabajos que había tenido que soportar. Pero siempre seguía pensando: «No puedo regresar. No puedo volver a casa con el rabo entre las piernas. Una vida mejor me espera».

Serge imaginaba que solo estaba oyendo aquello porque tenía los ojos cerrados. Su misteriosa Clem estaba abriéndose, y él no quería espantarlo moviéndose en lo más mínimo. Sentía su pelo deslizándose sobre su brazo y su torso. Estaba pensando en lo dulce que era al confiarle todas aquellas cosas.

Se había encontrado con su viejo compañero de clase y vecino Luke en un pub.

—¿Te acuerdas de Luke? Iba a darte un puñetazo en la nariz —y de pronto su vida había empezado a mejorar. Siguiendo los consejos de Luke, había conseguido su primer buen trabajo con la agencia Ward. Su nombre se había hecho popular hasta acabar con el trabajo para Verado.

Le contó que Luke siempre le había dicho que lo más importante era la gente que conociera, así que había intentado tener el mayor número de contactos posibles. Había aprendido a sacarse partido y a flirtear, y como resultado le habían salido trabajos.

Tumbado allí, debatiéndose sobre si darse la vuelta e incorporarse, ella le acarició el cuello con la nariz, así que abrió los ojos para mirarla.

—Cuando dejé el ejército, fui por ahí de trabajo en trabajo.

—¿Estás despierto? —preguntó ella, sorprendida.

La necesidad de no avergonzarla le hizo seguir hablando. Le contó que había vendido recambios mecánicos en el mercado negro, que había intentando sin éxito montar una compañía de comercio exterior, que tenía un gimnasio para entrenar a luchadores de élite.

—¿Por qué te interesaste por la lucha? –preguntó ella.

—Comenzó en el ejército. Peleaba por dinero. Luego pasé a organizar combates. No es un deporte indulgente. Es mejor estar entre bambalinas.

Instintivamente Clementine le acarició el puente de la nariz.

—¿Es así como te la rompiste?

—Dos veces. Ocurrió hace mucho tiempo. Ni siquiera recuerdo el dolor.

Después le acarició el torso.

—No me gusta la idea de que te peguen.

—Soy un tipo duro.

—¿Qué hay de tu familia? ¿Qué les parecía que te dedicaras a ese deporte? ¿Qué hay de tu madre?

—Mi madre murió cuando yo tenía diecinueve años. Se tomó una sobredosis de pastillas.

Clementine levantó la cabeza y lo miró.

—Nunca sabremos si fue un suicidio. Posiblemente. Probablemente. No me mires así, Clementine, fue hace mucho tiempo.

—¿Tu madre?

—Deja que te diga algo sobre las madres, *kisa*. La mía se casó joven. Mi padre era un ingeniero; idealista, probablemente bipolar. Mis padres se querían con una intensidad que no dejaba entrar el aire en la relación ni la luz en nuestra vida familiar. Era como tener dos representaciones diarias de *Turandot*.

Clementine se quedó callada, intentando hacerse una idea de lo que debía de haber sido su infancia. Él se estiró, como si contar la historia estuviera cargándole los músculos.

–Mi padre se puso delante de un coche una tarde cuando yo tenía diez años, y todo cambió. Mi madre volvió a casarse dos años más tarde. Mi padrastro y yo no nos llevábamos bien, y me mandaron a la escuela militar. Antes de que sientas pena por mí, *kisa*, te diré que fue el mejor lugar para mí. Apenas vi a mi madre y a mi hermana después de eso. Mi padrastro ganó una fortuna con la caída del comunismo y después la perdió y se pegó un tiro. Mi madre no tardó en seguirlo. Así que, ya ves, una ópera en cuatro actos.

Clementine se quedó en silencio durante unos segundos, después apoyó la cabeza en su hombro y dijo:

–Sí, lo eres.

–¿Soy qué?

–Un tipo duro –se quedaron callados durante largo rato–. No quiero regresar a la ciudad –confesó ella.

Era lo más cerca que había estado de expresar lo incómoda que se sentía viviendo en una suite de hotel con él.

–¿Empiezas a cansarte del servicio de habitaciones?

Estaba bromeando, pero había algo más en su voz. Cierta tristeza. Tal vez fueran los efectos de su historia, o quizá estuviese cansado de tener que impresionar siempre a las chicas.

–Es un poco impersonal, ¿verdad? No me había dado cuenta hasta que llegamos aquí. Estar en esta casa se parece más a la vida real.

De pronto Serge se sintió incómodo, y no era una sensación con la que estuviese familiarizado. La había llevado allí para hablar de condiciones, para definir los parámetros de su relación futura, pero aquella chica no encajaba en esas condiciones. Había compartido más con ella que con todas las mujeres a las que había conocido.

–¿Qué te parece si hacemos un poco más de vida real? –preguntó.

Ella lo miró con luz en los ojos.

–Voy a llevarte a mi casa de la ciudad, Clementine. Creo que el hotel se nos queda corto.

Tenía una casa en la ciudad. Y aun así habían pasado una semana en un hotel.

El mundo de Clementine se dio la vuelta en aquel momento y todo adquirió una perspectiva diferente, más áspera. El estómago le dio un vuelco.

–Entiendo –dijo suavemente.

–No le des demasiada importancia, Clementine –dijo él, y ella asintió; era lo único que podía hacer.

No era algo personal que hubiera escogido un hotel para conocerla mejor, para hacerle el amor, pensaba Clementine para intentar arreglar las cosas, para que no se pareciera a lo que había vivido con Joe Carnegie, para recuperar el romanticismo y la esperanza.

Pero tampoco era algo personal que ahora hubiera decidido dejarla entrar en su vida. Era una elección que estaba haciendo; probablemente por su propia comodidad. Después de eso, ella se levantó, se excusó diciendo que tenía que ir al baño. Se encerró allí y abrió el grifo de la bañera para bloquear el sonido de sus lágrimas.

Capítulo 8

EL CAMINO de vuelta a la ciudad le dio a Clementine la oportunidad de procesar los acontecimientos mientras contemplaba el paisaje y miraba de reojo a Serge, que estaba muy callado. Le gustaba conducir. Se había dado cuenta de eso en San Petersburgo. No tenían espacio para el equipaje, claro. Eso iba por separado, así que Clementine solo tenía su bolso, en el que empezó a rebuscar para intentar encontrar alguno de los caramelos que siempre llevaba consigo.

Serge observó los objetos que comenzaban a acumularse en su regazo.

–¿Qué tienes ahí? ¿Un tesoro escondido?

–Muy gracioso –Clementine se rindió y simplemente vació el contenido del bolso sobre su regazo. Resguardos de entradas, un boli, trozos de papel, un pañuelo... Encontró el caramelo. Y los dos preservativos de Luke.

–Vas preparada, Clementine.

Ella se sonrojó y comenzó a guardarlo todo de nuevo.

–Luke me los dio en San Petersburgo; para mi cita contigo. Como si fueras a tener suerte en nuestra primera cita. Para eso tenías que llevarme a un hotel caro al otro lado del mundo.

Serge se alegró de ir despacio y de llevar un coche

fácil de conducir, porque sus palabras le hicieron desviarse hacia el centro de la carretera.

Miró a Clementine.

–Pon tu mano en mi bolsillo.

–¡Serge!

–Vamos. No te morderé.

Curiosa, estiró el brazo y sacó una caja pequeña del bolsillo de su chaqueta.

–¡Mi relicario! –exclamó al abrirla.

–He hecho que lo reparasen.

Se lo colgó del cuello y experimentó una oleada de afecto que le resultaba extraño mostrar. Y menos ahora que ya tenía una visión más clara de su relación.

–No me digas que es un recuerdo de algún viejo novio –dijo él.

–Me lo compré cuando cumplí los dieciocho –contestó ella, y levantó entonces la muñeca–. Y me compré este reloj cuando conseguí el trabajo para Verado.

Serge frunció el ceño.

–¿Te lo has comprado tú?

–¿Por qué no? Alguien me dijo una vez que, si no tienes a gente en tu vida que señale las ocasiones importantes, entonces tienes que hacerlo tú misma. Y para mí es una excusa para ir de compras.

Nadie que señalase las ocasiones importantes. No debería molestarle, pero así era.

–Clementine, una mujer hermosa no debería comprarse las joyas.

–Los hombres siempre me hacen regalos, Serge. Simplemente elijo no aceptarlos.

Serge apretó el volante con fuerza. No quería oír hablar de otros hombres, pero captó el mensaje. Alto y claro. Clementine estaba pensando en el collar de diamantes. Deseaba no habérselo dado jamás. ¿Dado? Se lo había dejado junto a la cama con una nota. Era como decir: «Gracias por tus servicios». No se permitía mirar hacia atrás, pero aquel era un incidente que desearía poder cambiar.

—No me has hablado de tu familia —dijo él tras aclararse la garganta—. Supongo que tienes. ¿Tus padres?

Clementine lo miró y simplemente asintió.

—¿Tuviste una infancia feliz? —insistió él.

—No exactamente —de pronto parecía fascinada con sus manos, las miraba todo el tiempo mientras hablaba—. Se divorciaron cuando yo tenía cinco años.

—¿Te crió tu madre?

—Iba de uno a otro. Mi madre en Melbourne. Mi padre en Ginebra. Es period... era corresponsal. Siempre iba detrás de algo, ya fuera un conflicto, una historia o una mujer —se encogió de hombros, con la mezcla de rabia y pena que sentía siempre que hablaba de sus padres—. Mi madre volvió a casarse. Tengo tres hermanastras, pero realmente no las conozco. Me fui de casa a los diecisiete y no he vuelto.

Serge frunció el ceño.

—Los diecisiete son una edad muy temprana para independizarse.

—Así es, pero lo conseguí.

Eso explicaba muchas cosas. Su independencia, su habilidad para encandilarlo, pero también esa vulnerabilidad que le preocupaba.

—¿Entonces no echas de menos a tu familia? —Serge no sabía por qué estaba preguntándole aquellas cosas, pero sentía que necesitaba saber más sobre ese aspecto de su vida.

—No hay mucho que echar de menos —respondió ella sin levantar la mirada—. Aún estaba estudiando cuando me fui de casa. Acabé trabajando precariamente durante el día y estudiando por las noches. No iba a ninguna parte, así que tomé la decisión de hacer lo que mucha gente de mi edad estaba haciendo y me fui a Londres. No me arrepiento. Siempre sentí que había muchas oportunidades esperándome, y quiero aprovecharlas mientras soy joven.

De pronto Clementine deseó que aquella conversación nunca hubiera surgido. Hablar de sus padres siempre le traía recuerdos dolorosos.

—¿Serge, puedo serte franca?

Serge pareció desconcertado y ella estuvo a punto de sonreír. ¿Existían unas palabras peores que decirle a un hombre? Normalmente eran el prefacio de algo que preferirían no saber.

—No soy ingenua —continuó—. Sé que vives para tu trabajo. Las relaciones no son lo primero en tu agenda. También sé que quieres mantenerme fuera de esa parte de tu vida; quieres mantener la distancia. Entiendo que eligieras llegarme a un hotel en vez de a tu casa.

Serge pareció querer decir algo, pero ella se adelantó.

—No paras de decirme que no le dé demasiada importancia a todo esto. Lo entiendo. Comprendo que lo que me ofreces es una oportunidad, no una relación a largo plazo. Y me parece bien. Eso es lo que yo quiero también —«mentirosa, mentirosa».

Serge se quedó muy quieto.

Aquel debía ser su momento de alivio. En lugar de eso, lo recibió como si fuera un puñetazo en el estómago.

—¿Una oportunidad? —repitió lentamente.

Por primera vez en más de una semana, se acordó de la chica que había visto en San Petersburgo. La chica que debía de tener muchos hombres detrás. Desde su primera noche juntos, aquella idea se había vuelto ridícula. A pesar de toda su sensualidad innata, Clementine no era una amante experimentada. De hecho había dado la impresión de dejarse llevar por sus sentimientos.

Hasta hacía un momento, Serge habría pasado por alto su comentario. Pero saber todo aquello de su pasado hizo que cambiara de perspectiva. Obviamente era más dura de lo que parecía. Era una mujer que había sobrevivido sola desde que era adolescente. No necesitaba su protección. Estaba diciéndole justo lo que él debería desear escuchar.

—Así que lo de buscarme un trabajo tiene sentido, ¿no te parece?

Serge la miró. Ella le dirigió una sonrisa brillante.

Nyet, nada tenía sentido.

Al día siguiente Clementine pasó todo el tiempo sola, visitando varias firmas de moda. En su currículum ahora aparecía el nombre de Verado como tarjeta de presentación. Todo su trabajo en San Petersburgo había servido de algo. La firma Annelli iba a lanzar una campaña en Navidad para publicitar sus vaqueros con una joven actriz de Hollywood. Si estaba interesada en unirse a su equipo, tenían un puesto para ella.

El trabajo era en la ciudad de Nueva York. No habría problemas con su visado. Todo iba sobre ruedas. Aun así, se mostraba reticente a aceptar el trabajo.

En un taxi de camino al norte de la ciudad, pensó en todo lo que aquello significaba.

Deseaba mucho más de Serge de lo que sospechaba que él pensaba darle. Él había concebido aquello como una aventura sin ataduras y, en los Hamptons, desesperada por aferrarse a su dignidad, había despreciado la profundidad de sus sentimientos.

Porque sí tenía sentimientos hacia él, y no pensaba

negárselos a sí misma, aunque los ocultara delante de él. Y cuanto más tiempo pasaran juntos, más profundos serían esos sentimientos. Así que no quería ser su pasatiempo. Sabía la impresión que le había dado en San Petersburgo. Había albergado la esperanza de que llegara a conocerla un poco mejor. Pero, tras una semana de sexo y poco más, tenía la sospecha de que aquello iba a ser siempre una aventura sexual para Serge, y su lujoso estilo de vida lo confirmaba. ¿Por qué iba a desear más cuando su atractivo y su dinero le conseguían mujeres hermosas de todas partes del mundo?

Era cierto que ahora sí la había invitado a su casa, pero eso no era una invitación a su vida, que estaba ocupada por su trabajo.

Y esa era la razón por la que dudaba sobre si aceptar el trabajo de Annelli o no. Dijera lo que dijera Serge sobre no trabajar para él, cada vez le parecía más atractiva la idea. Estar con Serge iba a significar que llegaría muchas noches tarde a casa y que tendría que viajar mucho. Para estar en su vida, tenía que estar en su trabajo. Podía demostrarle que era algo más que un cuerpo caliente en su cama y que también podía jugar con los chicos grandes.

Pero el tema principal era mantener su independencia, y eso significaba encontrar un apartamento. Estar a salvo significaba ser independiente.

Se bajó el taxi en la calle 64 y cruzó corriendo hacia las casas de los años veinte.

La casa de Serge había resultado ser una sorpresa agradable. Era una casa en condiciones; once habitaciones distribuidas en cinco pisos. Ridículamente grande para un hombre solo, pero lo que más interesaba a Clementine era lo poco pretenciosa que era. Completamente restaurada, tenía una simplicidad antigua que decía mu-

chas cosas sobre el hombre con el que estaba viviendo,
y resultaba extrañamente tranquilizador.

Encendió el portátil en el estudio de Serge, entró en
su página web y examinó el calendario de torneos. Sabía que estaría en el torneo del viernes por la noche durante un par de horas, lo cual le daría la oportunidad de
verlo en acción.

Él no tenía por qué saberlo, y eso le daría a ella una
idea sobre cómo abordar el tema de su trabajo. Reservó
una entrada por Internet y cerró el portátil con la incómoda sensación de haber cruzado una línea con Serge.
Si lo descubría, no le haría gracia.

Serge miró el reloj y después las pantallas de la sala de
control. El estadio estaba completamente lleno. El combate principal comenzaría pronto, y entonces él podría
marcharse, volver a la ciudad y cenar con Clementine.

Disfrutaba con su pequeño acuerdo. Nunca había co-
habitado con una mujer, y habría salido corriendo si alguien se lo hubiera sugerido. Aunque Clementine se
apresuraba a recordarle que estaba de vacaciones y que,
cuando le arreglasen los papeles del visado, las cosas
cambiarían. En realidad no estaban viviendo juntos.

Ella no dejaba de hablar sobre la idea de alquilarse
un apartamento. Él le decía que no había prisa, pero
daba igual.

Como si el hecho de pensar en ella la hubiera con-
vocado, la pequeña pantalla que tenía delante de pronto
mostró su cara. Los pómulos marcados y la barbilla
puntiaguda mientras miraba a su alrededor, ajena al hecho de que estaba apareciendo en pantalla.

–Aguanta esa cámara –le dijo al técnico.

Las cámaras siempre enfocaban a una chica guapa,

y Clementine, con su melena abundante, con sus vaqueros de diseño y con su cazadora ajustada era justo eso.

Estaba allí. Sola.

Serge se fijó en todo aquello mientras Alex decía algo sobre bajar y presentarse en el palco de los dueños, aunque solo fuera para tener contentos a los medios de comunicación.

–Esa chica –le dijo Serge a su guardaespaldas–. Encuentra en qué asiento está.

–¿Quieres que la traiga, jefe?

–No la toques –respondió Serge–. Voy a bajar. Llámame cuando lo sepas.

Alex lo alcanzó mientras corría por el laberinto de pasillos.

–Creí que estabas saliendo con una australiana.

–Así es.

Asiento 816 FF. Serge llevaba con él a parte del equipo de seguridad cuando fue a buscarla. Clementine tenía aquella expresión tensa que tan bien conocía. Se sentía incómoda con todo aquel ruido y la gente a su alrededor. Bien. Así aprendería la lección.

Serge no se esperaba aquella mirada de alivio cuando lo vio; y tampoco se esperaba su propia reacción, que fue de satisfacción. Clementine sabía a quién pertenecía. Se fijó en el equipo de seguridad y lo miró con el ceño fruncido.

Él no dijo nada, simplemente la sacó de su asiento.

–Serge, no era necesario que hicieras eso –dijo ella.

–Tú has hecho que fuera necesario con tus acciones, Clementine. Estoy seguro de que tienes una explicación para esto que estás haciendo, pero no tengo tiempo para oírla.

La rodeó con un brazo. Desde la distancia, podría haber parecido un gesto tierno, pero Clementine sabía cuándo la arrastraban a la fuerza.

Para intentar quitarle importancia a la situación, se rio con incomodidad.

–Vaya, héroe, ¿qué vas a hacer? ¿Arrestarme o algo?

–Voy a llevarte a un lugar seguro y vas a quedarte allí. No tengo tiempo para hacer de niñera contigo, Clementine. Esto no es un gimnasio local ni un ambiente controlado.

–Tal vez, si me hubieras invitado, no tendría que haber comprado una entrada.

–Si vuelves a hacer algo así, no habrá ninguna invitación. A ninguna parte. Punto.

Y sin más, la lanzó a un grupo de desconocidos.

–Kim, esta es Clementine –le dijo a la mujer más cercana a ellos–. Clementine Chevalier, Kim Hart –y entonces comenzaron las presentaciones y los apretones de mano. Hombres duros y mujeres con tacones altos. Clementine se sentía un poco recatada en comparación. Después Serge la sentó en uno de los asientos, hizo que alguien le sirviera una copa de vino blanco y se marchó.

Clementine lo vio marchar e intentó no entrar en pánico. ¿Regresaría a por ella? ¿Qué había querido decir con que no habría ninguna invitación?

Una rubia cuyo nombre Clementine había olvidado se inclinó hacia ella y le dio una palmadita en el hombro.

–¿Qué se siente al ser el sabor del mes?

–Ignórala –dijo otra voz a su izquierda, y la mujer llamada Kim ocupó el asiento junto a ella–. ¿Es tu primer combate?

–Sí, estoy deseando que empiece –respondió Clementine, un poco desconcertada por las palabras de Serge y por el comentario sobre el sabor del mes–. ¿De qué va todo esto? ¿Cómo está toda esta gente relacionada con la Corporación Marinov?

A Kim le gustaba hablar, y parecía entender bien el negocio. Comenzó a enumerar a los agentes de los luchadores, a los patrocinadores presentes y después a los luchadores y sus estadísticas. Ninguna de aquellas cosas interesaba a Clementine en lo más mínimo, pero mientras Kim hablaba, pudo fijarse en la atmósfera.

Unas treinta y tantas personas circulaban por aquel palco acristalado, charlando entre copas y canapés. Había pequeñas pantallas por todas partes que retransmitían diversos combates fuera del estadio. Fuera del palco sonaba música rock, pero en el interior solo se oía un ruido sordo amortiguado por el cristal.

De pronto se alegraba de estar allí.

–Cuando la cosa empieza, bajamos y ocupamos asientos junto al ring –explicó Kim–. Jack, mi compañero, hace los cálculos para la corporación. No es nada glamuroso. Esta es la única parte excitante de su trabajo; poder sentarse junto al ring.

–¿Dónde está Jack?

–Ahí –Kim señaló a un tipo de unos treinta y tantos años con vaqueros y chaqueta.

–¿Crees que podría hablar con él? –preguntó Kim–. Estoy interesada en saber cómo funciona todo.

Serge regresó a buscar a Clementine para ver el combate. La encontró rodeada de un público masculino. Qué novedad. Dos contables y Liam O'Loughlin, el subdirector de promoción.

–¿Por qué no puedes quedarte con las chicas y comportarte? –le preguntó tras apartarla de los hombres.

–No sé, Serge. A lo mejor es que me aburre un poco hablar sobre el color de las uñas.

–No me refiero a eso y lo sabes. Un tercio de mi equipo de gestión son mujeres.

–Lo sé.

Serge pareció ir a decir algo, pero entonces salieron del palco y el ruido atronador hizo que resultara imposible seguir hablando. Serge la rodeó con un brazo y la separó del resto del mundo. Levantó la mirada y tuvo sus quince segundos de fama al verse reflejada con él en una enorme pantalla situada sobre el ring; después un montón de logotipos de los patrocinadores.

La combinación de luces, música y gente excitada hacía que el corazón le latiese con fuerza, pero Serge parecía inmune. Tal vez estuviese centrado en el resultado final, pero sí que disfrutaba de la atmósfera en cierto sentido. No lo había pensado antes, pero era necesario cierto sentido de la teatralidad para poner en marcha un espectáculo como aquel, combinado con una planificación meticulosa. Serge era un planificador, pero aquella era otra faceta suya.

Le resultaba atractiva.

Los asientos junto al ring significaban que estaban en toda la acción. En esa ocasión Serge la presentó de manera general ante la gente sentada con ellos, incluyendo dos caras famosas que hicieron que Clementine le tirase de la manga al sentarse.

–*Da, kisa,* es verdad –respondió él, se sentó y estiró las piernas. Parecía un rey en su trono, pensó Clementine.

–No me impresiona –dijo. Sí le impresionaba, pero no por las razones evidentes. Tener esas caras junto al ring era publicidad. Era una manera de etiquetar la marca. El combate era lo de siempre, pero tener a un artista de rap y a un joven actor de Hollywood hacía que hubiese otras vibraciones en el estadio–. ¿Serge, cuánto te cuesta esto? ¿Dejando a un lado los patrocinadores?

–No te preocupes, Clementine –contestó él con una sonrisa–. Puedo permitirme mantener el estilo al que estás acostumbrada.

Serge no se había enterado de nada; tenía toda su atención puesta en lo que alguien estaba diciendo en relación con el combate. Clementine apartó la mano y se cruzó de brazos. Serge ni se enteró.

El combate estaba empezando, pero ya no importaba. Serge acababa de dejar muy claro cómo la veía. Sus sentimientos hacia ella eran tan significativos como el espectáculo del que estaban disfrutando esa noche.

Ella era el entretenimiento. El «sabor del mes». No la tomaba en serio en absoluto. Mostrarle sus capacidades profesionales no iba a cambiar nada.

Comenzó la pelea y Clementine se preparó. No eran tanto los golpes como la reacción de la multitud entusiasmada lo que más le impactaba. Sentía cada golpe. Notó que Serge apartaba la mirada del combate y se fijaba en ella, así que mantuvo la cabeza levantada e intentó no estremecerse.

Serge la rodeó con el brazo y le susurró al oído:

—¿Por qué diablos has venido, Clementine?

—Estoy bien, Serge. No le des más importancia.

Serge emitió un sonido gutural y se levantó de golpe. Tenía su mano agarrada.

Clementine quiso resistirse, pero ya era suficientemente embarazoso. La acompañó hacia la salida, ignorando a los demás para sacarla, mientras sus guardaespaldas corrían frente a ellos despejando el camino. Casi toda la gente estaba centrada en la pelea, pero Clementine se sintió humillada mientras Serge la arrastraba lejos de las luces y de la música.

Se mantuvo callado mientras conducía por la autopista. Prácticamente no le dijo nada salvo «Entra». A Clementine le parecía bien. No podía creer la arrogancia con que se estaba comportando.

Clementine se quitó la chaqueta al llegar a casa y se fue directa al piso de arriba. No quería irse a la cama. No quería fingir que aquello era normal. Pero era tarde y no había nada más que hacer, así que se fue al baño a desmaquillarse y desvestirse. Se puso los pantalones del pijama y una camiseta; lo menos provocativo que tenía para dormir.

Después se metió en la cama y espero. Y esperó.

Serge no iba a ir a la cama.

Muy bien. No lo quería allí. ¿Quién diablos se creía que era, insinuando que estaba con él por lo que pudiera darle económicamente? Ella era independiente. Trabajaba. Nunca había dependido de nadie para nada.

Finalmente Serge subió a la habitación. Vestido con unos vaqueros y una camiseta de manga corta, parecía el tipo duro que era, y Clementine tenía que admitir que le gustaba eso. Le gustaba lo suficiente como para desear dejar a un lado la rabia y el dolor y lanzarse sobre él, pero su orgullo hizo que se quedara sentada en mitad de la cama. Iba a ser sincera con él para variar. Era un tipo duro, podría aguantarlo. Y ella también.

—Tenemos que hablar —dijo él.

—Sí —respondió ella—. Y voy a empezar yo. Ahora vas a escucharme. Soy mucho más que tu ligue del momento. Soy muy buena en mi trabajo y tu pequeño imperio de peleas sería afortunado de tenerme. Y, si crees que el hecho de que viva aquí significa que me mantienes, estás muy equivocado. ¿De acuerdo?

Serge se quedó callado, observándola. Ni siquiera parpadeó.

—¿Estás escuchándome? —insistió ella.

En respuesta, Serge se quitó la camiseta.

—¿Serge?

—Has ido a mis espaldas —fue lo único que dijo antes de quedarse mirando su boca.

Clementine se humedeció los labios y se movió ligeramente sobre el colchón.

–¿Tienes idea de cómo me he sentido al ver tu cara en la pantalla y saber que estabas en mitad de esa multitud?

–No, no sé cómo te has sentido porque nunca hablas de tus sentimientos.

Serge sonrió ligeramente, como si supiera algo que ella desconocía.

–¿Pues sabes qué? –preguntó–. Ahora voy a hacerlo.

–Me parece bien –respondió ella, y se quedó con la boca abierta al ver que se quitaba los vaqueros. Estaba desnudo y estaba excitado. Sacó un preservativo del cajón de la mesilla y Clementine se preguntó en qué momento iba a llegar la parte de hablar.

La tumbó sobre su espalda y se colocó encima hasta aprisionarla con su cuerpo.

–Ahora –dijo en voz baja–, hablemos de cómo me siento, Clementine. ¿Te parece bien que hablemos de cómo me he sentido al verte sola entre esa multitud?

Le quitó la camiseta e inclinó la cabeza para acariciarle un pezón con la barba incipiente de su barbilla.

–¿Y cómo me he sentido al verte flirtear con los hombres que trabajan para mí?

Entonces le mordió el pezón.

–No sé cómo te has sentido –susurró ella, aunque podía hacerse una idea.

Su cuerpo comenzó a temblar al sentir su mano deslizándose bajo el elástico de los pantalones.

–Me he sentido así –le quitó los pantalones y le agarró las nalgas. Clementine separó los muslos y lo recibió cuando la penetró con un solo movimiento–. Me he sentido así; Clementine –comenzó a moverse con fuerza dentro de ella, hasta que Clementine sintió que toda la ira y la tensión en él se convertían en algo que los abrumaba a los dos.

A Clementine le pareció que se quedaron allí tendidos durante mucho tiempo después, recuperando el aliento.

¿A qué había venido aquello?

Serge se levantó de la cama y se quitó el preservativo en el cuarto de baño. Clementine lo observó mientras regresaba desnudo a la cama. Se tumbó a su lado y la acercó a su cuerpo. Le dio un beso en el hombro, sin decir nada. Fue entonces cuando Clementine se dio cuenta de que no la había besado en la boca; ni una vez.

Sin embargo aquello había resultado más íntimo que todo lo anterior. ¿No se suponía que debía estar furioso? ¿No se suponía que ella también? Sin embargo, se sentía más unida a él que nunca.

Serge la abrazó con más fuerza. ¿Qué diablos estaba haciendo? Al verla en aquel monitor, lo único que había deseado era ir a buscarla. Solo quería mantenerla a salvo, pero no lo había hecho. La había llevado junto al ring y todo se había desencadenado. Clementine le hacía actuar de manera precipitada. Se la había llevado a casa y había vuelto a actuar de manera precipitada. Y de pronto no le cupo duda de que, dada cualquier provocación, aquella precipitación iba a continuar. A no ser que hiciera un esfuerzo por detenerla.

—¿Así es como te has sentido? —susurró ella.

—No sé cómo me he sentido —admitió él—. Pero sé que ahora estás a salvo.

—Sí, estoy a salvo, mi héroe —respondió Clementine, y le dio una palmadita en el brazo que la rodeaba, sonando más segura de lo que se sentía. En su interior todo estaba revuelto, como si ya no fuese dueña de sí misma.

Pero ¿qué significaba eso? ¿Que pertenecía a Serge?

Capítulo 9

SERGE se llevó un café y el móvil a la terraza y se quedó allí, bajo la suave luz de la mañana mientras se filtraba a través de las hojas de los árboles. Aquel era su santuario en la ciudad; un jardín verde, un oasis que mantenía de forma exquisita la gente a la que pagaba.

Tener a la gente en su vida en nómina hacía que todo fuese más fácil, más limpio. Los sentimientos no se veían implicados.

La noche anterior, su comportamiento en la cama con Clementine había sido lo contrario. Duro y muy sentimental. El sexo, como resultado, había sido increíble. Lo único que podría haberlo mejorado habría sido no usar preservativo, y el hecho de haber considerado esa idea le hizo echar el freno con respecto a cualquier futuro que pudiera tener con aquella chica.

Siempre usaba preservativo. Siempre. Él no tenía el tipo de relaciones en el que era posible no usarlo.

Pero la noche anterior no había pensado; ni con la cabeza ni con el cuerpo. Había mostrado poca delicadeza, solo la necesidad de dominarla, de dejar su marca. Había vuelto a poseerla, sin mayor consideración que la primera vez, y ella lo había recibido con su propio deseo. Después otra vez, con una cadencia más lenta y suave, susurrándole cosas en ruso hasta que se quedaron dormidos.

Pero aquella primera vez los había revuelto a los dos, y todo lo que había venido después llevaba sus ecos. Tendría que haber estado ciego para no darse cuenta de lo distraída que parecía esa mañana. La había oído cantar en la ducha. Incluso él mismo había estado tarareando hasta darse cuenta de lo que estaba haciendo.

Aquello era algo nuevo.

Al verla la noche anterior en el combate, tan frágil y a la vez tan independiente, algo primitivo se había desencadenado en su interior.

Sabía que estaba allí. Su abuela le había contado historias sobre la legendaria pasión de su padre hacia su madre, sobre sus ataques de celos, sobre la teatralidad de su matrimonio. Él no lo recordaba; solo se acordaba de un padre que cambiaba de estado de ánimo en un abrir y cerrar de ojos. Recordaba a su madre, frágil y etérea, como en un drama en el cual no se sabía sus frases. Ella tenía solo dieciocho años cuando le dio a luz, y no muchos más que él ahora cuando murió.

Serge no quería ese tipo de pasión en su vida. No quería perder el control. Tenía que dar un gran paso atrás. Poner aire entre ellos.

Clementine bajó las escaleras con sus playeras y sus pantalones de chándal. Ni siquiera se había arreglado el pelo esa mañana, simplemente se lo había dejado suelto. Simplemente se había puesto rímel y pintalabios. Por primera vez desde que tenía quince años, sentía que no tenía la necesidad. Se sentía guapa. Serge hacía que se sintiese guapa. Aún podía sentir su cuerpo, el impacto de sus orgasmos. Se sentía poderosa, como una diosa del sexo; una idea que le produjo una sonrisa.

La noche anterior, antes de dormirse, había decidido dejar a un lado la actitud de «esta es tu vida y esta es la mía» y darles una oportunidad. Serge había demostrado lo mucho que significaba para él. Nadie se comportaba de ese modo sin sentir nada.

El hecho de que no estuviera en la cama al salir del baño aquella mañana era el único pitido en su radar. Había querido saltar sobre él y demostrarle de nuevo que la noche anterior no había sido un sueño.

Planeaba llevarlo de compras con ella aquella mañana, y no podía creer las ganas que tenía. En su casa, era su actividad de sábado por la mañana favorita. Llenar los armarios, comer con amigos, tal vez ver una película por la tarde. El tipo de cosas que se hacían con un novio.

Cuando lo encontró, estaba al teléfono, recorriendo de un lado a otro el pasillo situado entre las escaleras y la cocina. Se fijó en ella de inmediato, pero apartó la mirada y siguió hablando. Ella siguió hasta la cocina para recoger las bolsas ecológicas.

Al darse la vuelta, se dio cuenta de que Serge había bloqueado la puerta. Tenía el pelo revuelto y necesitaba afeitarse. Llevaba el teléfono en una mano.

—Me voy al gimnasio de Mick —dijo sin sonreír—. Regresaré en torno a mediodía.

Parecía y sonaba muy distante, nada parecido al hombre en cuyos brazos se había quedado dormida la noche anterior.

El sol se puso en el cielo de Clementine.

—Después tengo un equipo de gente que viene a la una para repasar unos informes.

Fue en ese momento, de pie con las bolsas en la cintura, cuando Clementine se dio cuenta de lo enamorada que estaba de aquel hombre.

Aquel hombre que anteponía su trabajo a todo lo demás; o mejor dicho, que había decidido hacerlo aquel día. Después de la noche anterior.

–Tal vez quieras organizarte el día, Clementine.

Clementine se quedó mirando las bolsas.

–Voy a ir al mercado –dijo haciendo un gesto desesperanzado con las bolsas–. Pensé que tal vez quisieras venir.

–Sabes que tengo una persona que se encarga de esas cosas –fue todo lo que él respondió.

Clementine estuvo tentada de decirle: «Y yo sé que hay mujeres que se acostarían contigo por dinero», pero su orgullo se lo impidió. Tal vez la viera como otra de sus muchas comodidades, pero ella estaba allí porque lo amaba.

Lo amaba.

Para él solo era sexo. Todo su mundo empezó a hacerse pedazos.

Serge sacó su cartera y empezó a contar billetes.

Durante un momento horrible, Clementine no pudo moverse, pero entonces las palabras le salieron como si se las hubieran arrancado de la garganta.

–Puedo pagar por una bolsa de manzanas, Serge –se dio la vuelta mientras lo decía para no tener que mirarlo.

Dio un respingo cuando él la agarró de las caderas. Durante un segundo pareció que iba a abrazarla, pero simplemente le metió el dinero en el bolsillo trasero.

–Cómprate algo bonito.

Incluso le dio una palmadita en el trasero.

Tenía que saber lo que estaba haciendo. Tenía que saber que estaba haciéndole daño. Fue suficiente para alejarse, aferrándose a las bolsas de la compra. Si tuviera agallas, se alejaría de él para siempre, pero le faltaba esa cantidad de coraje. Y más después de la noche anterior.

¿Dónde habían ido la cercanía, el cariño y las confidencias?

Serge no había compartido nada con ella esa mañana, salvo su cartera abierta.

Era humillante.

Seguía doliéndole horas después, mientras subía los escalones con las bolsas. Las cajas con la comida se las enviarían, pero había decidido llevar ella misma algunas cosas delicadas: quesos y vino francés, un delicioso té chino, y esos horribles arenques en escabeche que le gustaban a Serge.

Lo había hecho todo a pesar de ser el sabor del mes.

Al acercarse a la cocina, oyó voces masculinas. Las dejó en el banco y entró en la sala de conferencias. Serge estaba en pie. Había una docena de hombres sentados y de pie por la habitación. Serge no parecía feliz.

Al principio solo un par de personas se fijaron en ella, pero después se convirtió en el centro de atención de la sala.

Serge levantó la mirada. Su cara lo dijo todo, y el corazón le dio un vuelco. Clementine dio un paso atrás, pero después se quedó quieta.

Serge se acercó a ella, le presentó a los demás a toda velocidad y después la condujo hacia la puerta.

–Tenemos muchas cosas de las que hablar, Clementine. Podría llevarnos un rato.

–Está bien –contestó ella. Se sentía excluida, pero sabía que no era algo personal. Volvió sobre sus pasos y preparó unos platos con canapés, aceitunas y queso. También abrió una botella de vino.

Tenía la sensación de que estaban hablando del desastre de Kolcek y, a juzgar por las partes de la conversación que llegaban hasta ella, estaba en lo cierto.

Un hombre corpulento con tatuajes en ambos brazos asomando por debajo de la camiseta entró en la cocina.

Tras él iba Liam O'Loughlin, el tipo con el que había hablado el día anterior. Ella ya sabía que no le caía bien, pero lo confirmó cuando se quedó mirándole el escote mientras doblaba una de las bolsas de la compra.

Entonces entró otro hombre, y después otro, y de pronto se vio de pie junto a la isla de la cocina, rodeada de cinco hombres enormes, todos ansiosos por algo de compañía femenina, a juzgar por sus expresiones.

–¿Esto es una convención o algo? –preguntó ella.

–Alex Khardovsky, presidente de la Corporación Marinov. Serge y yo somos viejos amigos –dijo el tipo corpulento estrechándole la mano–. He oído hablar mucho sobre ti, Clementine.

–Has domesticado a Serge Marinov –dijo Liam O'Loughlin–. Muchas mujeres lo han intentado y han fracasado.

Clementine no respondió. Odiaba ese tipo de estupideces y no le gustaban los hombres que no dejaban de mirarla.

–Lo que yo he oído es que trabajabas como relaciones públicas para Verado, Clementine –intervino Alex.

–Así es. Muchos palos de golf y cortapuros gratis.

Los demás se rieron. Clementine le acercó una copa de vino a Alex y comenzó a servir dos copas más. Con Liam O'Loughlin ni se molestó.

–Entonces estáis aquí por el luchador con cargos por agresión, ¿no?

–No se acaba nunca –respondió un tipo de pelo rubio.

Clementine se dirigió a Alex.

–Vuestro problema es gestionar los desastres de aquel juicio tan famoso, ¿verdad? Hace años tuvisteis problemas con los medios de comunicación por culpa de las actividades extracurriculares de vuestros luchadores, y ahora está volviendo a pasar –les acercó los platos de comida–. A mí me parece que lo que necesitáis es reorientar la publicidad, centraros en lo grandioso de este deporte, y no darle tanta importancia a toda esa basura de machos y testosterona. Realzar el atletismo. Tal vez hacer que algunos de esos luchadores aparezcan en actos benéficos; y mejor que vayan acompañados. Necesitáis esposas e hijos.

Levantó la mirada y vio a Serge apoyado en el marco de la puerta.

–Sigue hablando –dijo Alex–. Tomo nota.

–Sí, bueno... –continuó ella–. Necesitáis más mujeres entre vuestras filas. Anoche había muchas caras famosas, pero todo eran hombres. Ese es el problema que tenéis con Kolcek; hombres jóvenes con demasiada testosterona y demasiado dinero que van por ahí sin respetar a las mujeres.

–¿Así que lo que dices es que el boxeo no es atractivo para las amas de casa? –preguntó Liam con desprecio.

–Lo que digo es que tenéis un problema con vuestra imagen de matones, y, si de verdad queréis cambiar eso, tenéis que olvidaros de la teatralidad en el ring y pensar en proyectar la realidad del negocio, que es la de unos atletas profesionales combatiendo.

–¿Tú considerarías la idea de venir a trabajar con nosotros, Clementine?

–Vaya, Alex... –Clementine miró a Serge– creí que nunca me lo pedirías.

Serge los había visto seguir a Clementine a la cocina, y el vello de la nuca se le había erizado.

Clementine podía cuidarse sola, pero aun así había

preferido ir a verla; habría hecho lo mismo por cualquier mujer con la que estuviera. Había muchos hombres en la casa y, a pesar de la fortaleza de Clementine, no sería fácil para una mujer enfrentarse a ellos.

Pero allí estaba ella, con una mano en la cadera, diciéndole a Alex cómo tenía que llevar la publicidad de su negocio.

Clementine terminó de hablar, dio un trato a su copa de vino y lo miró.

—¿Me robas a mi arma secreta, Aleksandr? —preguntó Serge sin quitarle los ojos de encima.

Alex sonrió, y los demás se movieron como si fueran ganado que preveía una estampida. Liam O'Loughlin ya estaba dirigiéndose sutilmente hacia la otra puerta.

«Sí, aléjate», pensó Serge. No podía creerse lo posesivo que se sentía.

—Clementine debería haber estado ahí dentro con nosotros haciendo nuestro trabajo —dijo Alex, claramente impresionado.

—Tal vez solo haciendo algunas sugerencias —respondió Clementine.

—Hay una oferta de trabajo sobre la mesa —insistió Alex—. Piénsalo, Clementine. Serge tiene mi número.

Clementine miró a Serge con cautela cuando se quedaron a solas.

—¿Manteniéndome alerta, *kisa*? —preguntó sin más.

—No sé lo que quieres decir.

—Sí que lo sabes.

—¿Cuál es el problema, Serge? ¿Te sorprende que tenga cerebro?

—Soy muy consciente de tu inteligencia. Me refiero a cómo manejas la situación, a tus habilidades femeninas.

—Nunca antes te habías quejado.

–Porque iban dedicadas a mí. Entiendo que eres una chica simpática, pero no me gusta que vayas por ahí dedicando tus atenciones.

–Está bien. Lo que tú digas –Clementine le acercó los platos con manos temblorosas–. Toma. He preparado esto para tus invitados. Sobre las cuatro traerán el resto de la comida –tiró una botella de cristal al golpearse contra el banco en su precipitación al alejarse de él–. Te he comprado esos asquerosos arenques. Tonta de mí.

Serge no se movió durante unos segundos. No sabía qué estaba sucediendo entre ellos. No comprendía por qué verla rodeada de otros hombres le ponía tan celoso. Ni siquiera comprendía por qué la había abandonado aquella mañana.

–Clementine –dijo agarrándola del brazo.

Ella se dio la vuelta y, por un momento, Serge pensó que iba a golpearle, pero simplemente apartó el brazo y él la soltó.

–No te preocupes, Serge –dijo con desdén–. No volveré a presentarme en tus reuniones. Sé cuál es mi lugar. Ya me ha quedado claro cómo me ves en tu vida. Si antes no me daba cuenta, ahora ya es evidente.

Salió de la cocina antes de que pudiera impedírselo. Pero a Serge le dio tiempo a ver el brillo de las lágrimas en sus ojos.

Sí, era un auténtico príncipe. Por fin la había hecho llorar.

Capítulo 10

LE LLEVÓ diez minutos deshacerse de sus invitados. Alex fue el que más se quedó y lo llevó a un lado en los escalones.

—¿Qué estás haciendo con esa chica, Serge?

—¿Perdón?

—La cara que has puesto cuando has entrado en la cocina no tenía precio.

—Si me lo traduces, Aleksandr, tal vez tenga más sentido —dijo Serge secamente.

—Sí, sí, hazte el tonto. Anoche te vi. Esa chica te importa. No es una de tus cabezas huecas. Es una mujer espabilada. Puede que la contrate. ¿Entonces qué vas a hacer?

—Despedirte.

—*Touché*. Ya sabes que Mick tiene razón. Preséntate con ella en algunos actos benéficos y volveremos a ponernos en la cresta de la ola. ¿Qué te parece una portada de revista? *En casa con Serge Marinov y la hermosa Clementine.*

—Me parece que has perdido la cabeza.

—No soy yo el que está acostándose con una mezcla de Jessica Rabbit y Martha Stewart —Alex se carcajeó, terminó de bajar los peldaños y se dirigió hacia su coche—. Había preparado comida. ¡Comida!

Serge regresó a la casa y subió los escalones de tres

en tres. La puerta del dormitorio estaba entreabierta, pero llamó un par de veces.

–¿Clementine?

Esperaba encontrarla tirada en la cama, llorando sobre la almohada, pero la habitación estaba vacía.

La encontró en el jardín de la azotea. Estaba arrodillada en el suelo, quitando las malas hierbas de los tiestos. Apenas advirtió su presencia.

–Primero haces la compra y ahora te pones con el jardín –comentó él–. Esta domesticidad tiene que parar.

–Sí, bueno, no tengo nada más que hacer. Tú no estás casi nunca y no tengo trabajo. Así que hago cosas de la casa.

Serge se agachó a su lado.

–Anoche, Clementine...

–Sí, lo pillo. Sobrepasé la línea, o lo que sea. No volverá a ocurrir.

–No quería que fueras al combate anoche porque es violento, y tú no reaccionas bien a la violencia, Clementine.

Clementine quiso responderle: «No estaba hablando del combate. Estaba hablando de lo de después».

–Me pusiste en un asiento junto al ring –protestó.

–Porque estabas allí, y no quería perderte de vista. Cometí un error.

–¿No querías perderme de vista? –repitió ella, intentando encontrarle sentido.

–Mi responsabilidad es cuidar de ti.

–No eres mi padre, Serge. Eres mi... –se detuvo, incapaz de encontrar la palabra.

–Tu padre vive en Ginebra –dijo él, haciéndole saber que hacía bien en dudar–. ¿Los ves a veces?

Normalmente Clementine evitaba hablar de sus padres, pero de pronto le parecía un tema de conversación mucho más seguro.

–No. Hace años que no lo veo. Tuvimos una pelea cuando yo tenía quince años y nunca he vuelto. Era bastante rebelde en aquella época.

–No como ahora, que eres una gatita.

Clementine sonrió un poco.

–¿Por qué me llamas gatita todo el tiempo?

–Porque eres mona y juguetona, y después me arañas.

–Será mejor que tengas cuidado entonces –dijo ella agitando el rastrillo con la mano–. Estoy armada y soy peligrosa.

–¿Qué hay de tu madre?

–Presentaba un programa de televisión matutino en Melbourne. Nunca estaba en casa y, cuando lo estaba, discutíamos. Mis padres acababan de dejar atrás la adolescencia cuando me tuvieron, por eso se casaron, y a ninguno de los dos le interesaba mucho tener un bebé. Así que crecí entre niñeras y peleas hasta que cumplí los diez años, que fue cuando se separaron para siempre. Entonces comenzó la diversión. El ir y venir. Dos veces al año a Ginebra.

–¿No era divertido?

–¿Estás de broma? Un vuelo de veinticuatro horas yo sola. Me pasaba allí una semana con alguna novia de mi padre. Después regresaba a Melbourne. Los dos son bastante egocéntricos. O, mejor dicho, viven para su trabajo. Decidí hace mucho tiempo que, cuando tenga hijos, me quedaré en casa con ellos.

–¿Quieres tener hijos?

–Algún día. ¿Tú no?

–No –Serge le quitó el rastrillo y lo clavó en una de las macetas–. Pero tienes razón, Clementine. Los niños necesitan un hogar estable y dos padres que los quieran –entonces la sorprendió al acariciarle el pelo–. Siento que tú no tuvieras eso. Ahora lo entiendo.

–¿Qué entiendes?

–La ferocidad de tu independencia –entonces se puso en pie y le dio la mano–. Vamos. Quiero llevarte a un sitio.

–¿Puedo ir así? –señaló sus pantalones arrugados y su camiseta manchada de tierra.

–Vas bien. Me gustas un poco desaliñada –la rodeó con un brazo–. Hay una cosa que quería decirte sobre lo de anoche. No sobre el combate, sino sobre lo de después.

Clementine tragó saliva e intentó parecer despreocupada.

–¿Ah, sí?

–Me preguntaste cómo me sentía. Me siento bien, Clementine. Estando contigo me siento bien.

La llevó a su organización benéfica. Un edificio marrón ubicado en Brooklyn que albergaba un centro recreativo para niños desfavorecidos.

–Tengo un centro en cada ciudad donde tengo estadios –explicó mientras caminaban por el gimnasio–. Aquí y en Europa.

–Esto sería una publicidad fantástica, Serge. El mejor antídoto para lo de Kolcek es mostrar lo que estás haciendo aquí.

–Sí, Mick dice lo mismo.

–¿Mick Forster? ¿El tipo que conocí en el gimnasio?

–Sí. Fue el primer entrenador que trabajó conmigo cuando llegué a Estados Unidos. No estaría donde estoy de no haber sido por él. Es el mejor en el negocio.

–¿Y cuál es la gran idea de Mick?

–Bueno, para empezar, que dejen de fotografiarme con chicas con el vestido medio quitado a la salida de las fiestas privadas.

Clementine le dio un codazo en las costillas.

–¡Eso no es cierto! ¿Lo es? Me da miedo preguntar, pero ¿qué son fiestas privadas?

–El negocio en el que estoy metido. Hay mucho dinero, juego ilegal, drogas, de todo. Aunque hemos hecho todo lo posible por lavar su imagen. Y siempre hay mujeres. Yo estoy limpio y sano. Siempre he usado preservativos. Pero no soy como los hombres de clase media a los que estás acostumbrada. Yo he visto y hecho muchas cosas.

No se parecía en nada a los tipos a los que ella estaba acostumbrada. Clementine sabía que era absurdo escandalizarse. Había visto a lo que se dedicaba. Había visto a las mujeres en esos eventos. Había visto cómo lo miraban. Probablemente los números de teléfono se le salieran por las orejas.

–Y sigues sin contarme lo que son las fiestas privadas.

–No importa. Eso ya ha quedado atrás.

–¿Y cuáles son las otras ideas de Mick?

–Serías el sueño de Mick hecho realidad, Clementine. Lo que le has dicho a Alex sobre la esposa y los niños es lo que él quiere.

–¿Mick está casado?

–Dios, no. No sería tan bueno en su trabajo si lo estuviera.

–Así que supongo que él no aprueba tu estilo de vida salvaje porque repercute negativamente en la corporación. O al menos ahora, desde lo de Kolcek.

–¿Estilo de vida salvaje? ¿Acaso no estamos en la cama antes de las diez todas las noches?

Clementine se sonrojó y negó con la cabeza.

–Puede que necesites a una mujer que no lleve el vestido medio quitado.

Serge la rodeó con sus brazos.

–¿Y qué me dices de unos pantalones de chándal y una camiseta? Debo añadir que te sientan muy bien.

–¿Así que quieres usarme a mí? –preguntó ella.

–Sería muy poco caballeroso preguntártelo, Clementine.

–Creo que es peligroso mezclar tu vida personal con el negocio –respondió ella–, pero creo que Mick tiene razón. Si tienes un perfil en los medios de comunicación. ¿Serge, tienes un perfil en los medios?

–Uno un poco escaso.

–¿Pero lo suficiente para que te fotografíen con mujeres inapropiadas a la salida de las fiestas? –intentó sonar displicente, pero le salió un poco forzado–. Tal vez te vendría bien dejarte ver haciendo algunas cosas convencionales. Con una mujer.

–Pero ¿dónde encontraríamos a esa mujer? Un dechado de virtudes, con buenos modales e increíblemente sexy.

Estaba bromeando con ella. Eso estaba bien. Significaba que no se apartaba.

–No sé. Silba y a lo mejor aparece una.

–Estás decidida a implicarte, ¿verdad?

–Quiero ayudarte. Me dedico a eso. Tú déjamelo a mí.

Serge la rodeó con un brazo, pero Clementine advirtió la cautela en su mirada.

–Ya veremos.

–La imagen pública de la Corporación Marinov –dijo Clementine, sintiéndose un poco como se había sentido cuando entrara con Serge por primera vez en aquel gran hotel, semanas atrás; pataleando como loca para mantenerse a flote–. Tardaré en acostumbrarme –confesó mirando a Alex, sentado al otro lado de la mesa–. He hecho cosas así antes, pero nunca había sido el producto.

Alex sonrió.

–Lo harás bien. Relájate.

Mick Forster entró en la cocina seguido de Serge, que obviamente no estaba relajado. Parecía tenso.

Mick se quitó su gorra al ver a Clementine sentada a la enorme mesa de roble. Serge los presentó y Mick se sentó con cautela en un extremo, a un metro de distancia de donde Clementine se encontraba sentada con su café.

–He oído que le has causado muy buena impresión a Alex –dijo Mick directamente–. ¿Crees que puedes hacerlo delante de ocho políticos y un equipo de televisión?

–Bueno, Mick, no sé –respondió Clementine mirando a Serge–. Siempre y cuando me acuerde de sacarme el chicle de la boca, estoy segura de que saldrá bien.

Serge no sonrió. No sonreía desde que accediera a hacer aquello.

–Será rápido –dijo él–. Se hace la foto, yo doy la conferencia de prensa y nos marchamos. Nada de charlas. No hablará con la prensa.

–Solo quiero asegurarme de que Clementine sabe en lo que se ha metido –dijo Alex lentamente–. Tú responderás a las preguntas, Serge, pero ella se enfrentará a la gente de fuera.

–No. Nada de paparazzi. Solo medios autorizados –contestó Serge

–Mirad, chicos, soy consciente de que mañana voy a ser como un bolso –intervino Clementine intentando sonar desenfadada–. Pongo buena cara y no digo mucho. Me recuerda a mi último trabajo.

Nadie se rio.

–No, queremos que hables –dijo Mick finalmente–. Si no lo haces, serás como las demás chicas cabezas huecas...

Las demás chicas cabezas huecas. Clementine no sabía dónde mirar.

Desde que le había hecho la propuesta a Serge, Clementine había estado preguntándose si habría perdido la cabeza. Y Mick acababa de señalar lo que su ceguera le había impedido ver. Estaría aireando sus trapos sucios delante de todo el mundo. Cualquiera que estuviera interesado en la Corporación Marinov tendría cierta idea del pasado sexual de Serge. Clementine no podía llamarlo romántico, y cabía la posibilidad de que fuera presentada como una chica guapa y tonta que había pasado la primera ronda, pero nada más.

Tomó aliento. Ella no era una chica guapa y tonta. No pensaba dejar que le hicieran pasar por una. Aquel ejercicio le serviría para asegurarse de que podía mantener la cabeza bien alta. Podría hacerle frente.

«Cuidado con lo que deseas, Clem», se dijo a sí misma bajo el chorro de la ducha, mientras se preparaba para la cena aquella noche. Iba a mostrar sus habilidades, pero no de la manera que había deseado. En su precipitación por ofrecerse voluntaria, había pasado por alto un fallo fundamental en su pensamiento: aquello no se trataba de lo que él sintiera por ella; se trataba de lo que ella pudiera hacer por él.

Había hecho lo que había jurado no volver a hacer. En su desesperación por conseguir su amor, se había olvidado de la lección que le habían enseñado sus padres. La gente la quería cerca mientras fuera divertida, útil y cumpliera una función. Y en aquel momento estaba haciendo las tres cosas.

Deseaba que aquello fuera distinto a lo que ambos habían conocido en el pasado. Él con su lista interminable de mujeres. Ella con sus dos relaciones insatisfactorias.

Estaba saliendo de la ducha cuando oyó su móvil vibrar. Se puso un albornoz y respondió.

–¡Luke!

Serge oyó su voz y siguió vistiéndose en la otra habitación. No la había oído tan animada en todo el día, y eso le molestaba. Los eventos se habían desarrollado precipitadamente: la conferencia de prensa, el consejo de Mick y la oferta de Clementine, que había sido la respuesta a las oraciones de Mick. Realmente estaba desesperada por ayudar.

Utilizar a Clementine de aquella manera iba a hacer que resultase mucho más difícil decirse adiós cuando se separasen.

Era hora de hacerle saber que aquel idilio romántico se había acabado. Lo había sabido la mañana anterior. No podía repetir lo de la otra noche. Esa noche había descubierto que concentrarse en sus necesidades físicas ayudaba a mantener el control de lo que había entre ellos. Pero habría tenido que ser ciego y sordo para no oír la emoción en su voz al gritar su nombre, o para no ver la pregunta en sus ojos antes de quedarse dormida. Ahora ella sabía la diferencia. Sabía que él iba a apartarse.

Pero no le quedaba otra opción. Nunca le había pasado eso con otras mujeres, y no podría volver a suceder.

–No, no lo sé –dijo ella en voz baja–. No, no he alquilado nada. Puede que vuelva. No lo sé.

Serge sintió que el corazón se le aceleraba.

–No es lo que esperaba.

¿Estaba pensando en volver a Londres?

Todos los músculos de su cuerpo se pusieron alerta.

Se quedó allí parado, con la cabeza agachada, respirando profundamente. Se dijo a sí mismo que aquello era lo mejor.

Normalmente una conversación con Luke servía para animarla, pero aquella noche Clementine se sentía peor que nunca. Eran sus preguntas; sobre Serge, sobre sus planes. Habían hecho que se diera cuenta de que no podía hacer planes porque ninguno de esos planes incluía al hombre al que amaba.

Serge le permitía entrar en su vida, pero solo hasta cierto punto. Su intimidad parecía forzada, y todo se centraba en el negocio. En vez de hacer que se sintiera más segura, dejarse ver como la novia oficial hacía que se sintiera perdida. Porque no era cierto; y el hecho de que su foto apareciera en el periódico no hacía que lo fuera.

Tomó aliento mientras caminaba hacia la cocina. Olía a comida. Serge tenía solo el personal imprescindible en la casa, y no trabajaban las noches de fin de semanas, así que tenía que ser él quien estuviera cocinando.

Incapaz de creérselo, se quedó en la puerta, observándolo.

–Estás cocinando.

–También sé hacer la cama, barrer y limpiar retretes con un cepillo. Entrenamiento del ejército.

–Estoy impresionada, aunque un poco asqueada por lo de los retretes.

–Pensé que podíamos cenar, ver una película antigua y acostarnos temprano.

–¿Antes del día D?

–No tienes que hacer esto, Clementine?

–Quiero hacerlo, Serge. Quiero hacerlo por nosotros –dijo sin querer. Su intención era decir: «Quiero hacerlo por ti».

La expresión de Serge no se alteró. Simplemente le ofreció una copa de vino tinto.

–Por nosotros –dijo para brindar, pero su mirada permanecía fría y vigilante.

Aunque tenía un vestido preparado para la ocasión, en el último minuto le parecía inapropiado.

Debía ser buena en eso. Empleaba esa habilidad en su trabajo todo el tiempo. Hacer que la gente viera lo que ella quisiera, cambiar puntos de vista, vender el producto. Pero aquel día el producto era ella, y no encontraba nada que ponerse en su armario. Serge apoyó la cabeza en la puerta con desesperación.

–Tienes quince minutos, Clementine.

–Sí, está bien –contestó ella distraídamente. No quería estropear el momento llegando tarde. Serge debía de estar nervioso. Iba a enfrentarse a unos medios de comunicación hostiles.

Pareció vacilar y, de pronto, estiró el brazo y sacó su vestido verde del armario con percha y todo.

–Ponte este.

Clementine lo había llevado en su primera cita y se preguntó si se acordaría. Probablemente no. ¿Por qué iba a hacerlo?

–Gracias. Estaré contigo en diez minutos –le dio la espalda, volvió a poner el vestido verde en su lugar y sacó otro con más tela.

Serge consultó su reloj. Oía a Clementine corriendo de un lado a otro, el sonido de los cajones cerrándose, las puertas, las palabras malsonantes. Iba a echar de menos aquello.

Finalmente Clementine bajó por las escaleras como si el último cuarto de hora frenético no hubiera tenido lugar. Llevaba un vestido amarillo de lino de cuello alto que se ceñía a sus pechos y a sus caderas y le caía hasta las rodillas. Sin una cintura ajustada, sus curvas extravagantes pasaban desapercibidas. Estaba desempeñando su papel. De pronto se alegró de que no se hubiera puesto el verde, pues le recordaba a la chica dulce y esquiva de la primera cita. Y no deseaba tener esos recuerdos aquel día.

–Creo que estamos listos, mi héroe.

Estaba tan guapa que le dejó sin respiración.

–¿Hay algo que deba saber antes de irnos, Serge? ¿Algún último consejo?

–Solo que estás preciosa –contestó él.

–¿De verdad? –preguntó ella. Pero había algo en sus ojos. Cierta inseguridad–. ¿Estoy guapa? Porque realmente no lo soy. Es más una cuestión de maquillaje y seguridad en mí misma.

Serge le colocó una mano en la nuca y la besó. Ella pareció sorprendida al principio, cautelosa incluso, hasta que dejó caer los párpados y se entregó. Serge pudo sentir el momento de su capitulación.

Clementine le hacía sentir como si fuera el único hombre capaz de hacerle eso. Era una fantasía, pero iba a permitirse fantasear un poco más antes de decirse adiós para siempre.

Y entonces recordó por qué tenían que decirse adiós; porque lo que había entre ellos era demasiado poderoso. Amenazaba con arrasar todo aquello por lo que había trabajado.

—No hay otra mujer que pueda compararse a ti —dijo suavemente. Era cierto, pero se obligó a soltarla y a poner distancia entre ellos—. ¿Clementine, tienes tu pasaporte?

—¿Perdón?

—No vamos al centro, *kisa*. Voy a llevarte a París.

Capítulo 11

NO PODEMOS hacer esto. ¿Qué pasa con la conferencia de prensa? –preguntó Clementine mientras la ayudaba a subir al coche. Apenas le había dado tiempo a subir a por su pasaporte.

–Alex podrá hacerse cargo.

Clementine no podía quitarle los ojos de encima. ¿Por qué estaba haciendo aquello? Era irracional. No tenía ningún sentido.

Conocía a Serge. Él no huiría de una confrontación. Miraba a los problemas de frente. Era una de las cosas que le gustaban de él. Era algo que compartían.

–Serge, no tengo equipaje. No tengo nada.

–Me tienes a mí –contestó él con aquella sonrisa perezosa que le decía que no necesitaba ropa. No iba a ver mucho París.

–Serge Marinov, háblame.

Él hizo un gesto de desprecio, como si no mereciese la pena hablar.

–No es para tanto, Clementine. Lo único que necesitas saber es que no tengo intención de utilizarte; ni ahora ni nunca. Era una idea ridícula y no iba a funcionar. ¿Estás contenta?

–No... Sí. Lo que estoy es confusa. ¿Cuánto tiempo llevas planeando esto?

–Desde anoche. Te oí hablar por teléfono con tu amigo y me dio la impresión de que sentías morriña. Pensé que tal vez echabas de menos Europa.

–No, yo... –se detuvo, incapaz siquiera de empezar la frase, que terminaba con un «porque te quiero». Le puso la mano en el brazo–. ¿Serge, qué estamos haciendo? ¿Qué sucede?

–Te llevo a París, Clementine, porque dentro de dos días es tu cumpleaños. Creí que te gustaría celebrarlo con un viaje a algún lugar especial... para los dos. Algo que podamos recordar.

La felicidad empezó a fluir a borbotones desde algún manantial interior que Clementine ni siquiera sabía que tenía hasta ese momento. Se lanzó hacia él sobre el asiento y lo abrazó.

–Gracias, gracias, gracias –dijo.

Y no tenía nada que ver con París, sino con aquel hombre tan generoso.

Serge se sintió algo rígido, pero la rodeó con sus brazos. Ella hundió la cabeza en su hombro y gimoteó.

–No puedes llorar, Clementine. Son buenas noticias. Esto es divertido para nosotros.

Ella se apartó y le rodeó la cara con las manos.

–Sí, muy divertido.

¿Sabría lo mucho que aquello significaba para ella? probablemente no. Pero eso no hacía que el gesto fuese menos especial.

–Eres una chica muy emotiva, Clementine –bromeó él–. ¿Dónde está mi chica feliz y divertida?

–Está aquí –volvió a lanzarse a sus brazos. Haría un esfuerzo por ser más de lo que él deseaba. No lloraría. Sería ella misma, con su héroe al lado para respaldarla.

Aquel era el segundo hotel en el que entraba con Serge, y era un estilo de vida al que podría acostumbrarse.

Había sorpresas esperándola por todas partes; las vistas hacia la Plaza de la Concordia, los cajones llenos de ropa interior provocativa, el armario con vestidos de todas clases. Había suficiente ropa para cambiarse dos veces durante una semana.

¿Cómo había conseguido Serge todo aquello?

–Con un asistente de compras –dijo quitándole importancia, tirado en aquella cama enorme mientras ella acariciaba uno de los vestidos de seda–. Póntelo, Clementine, para que pueda quitártelo.

Ella sonrió por encima del hombro y comenzó a desvestirse. Se quitó el sujetador y las bragas sin darse la vuelta. Después se puso el vestido de seda. Estaba frío, como el agua sobre su piel, y se estremeció aunque la temperatura de la habitación era agradable. Entonces se dio la vuelta y el corazón se le aceleró.

Serge se levantó de la cama y se lanzó sobre ella con tanta velocidad que lo único que pudo decir fue:

–¡Ni se te ocurra estropearme el vestido!

Cenaron en un restaurante que daba al Sena, con vistas a las luces de Notre Dame. Clementine llevaba su vestido, intacto.

Al día siguiente pasearon por la ciudad, visitaron los sitios turísticos, pero sobre todo deambularon. Hasta que acabaron en la puerta de una joyería exclusiva.

–Permíteme hacer esto por tu cumpleaños, Clementine –dijo él dándole la mano.

¿Qué podía decir ella? Era una sensación totalmente nueva; entrar acompañada en una joyería, sentarse y dejar que le mostraran la colección. Todo era carísimo.

Al final eligió unos pendientes de diamantes rosas.

–¿Contenta? –preguntó Serge.

–Contenta.

El día de su cumpleaños amaneció frío y algo neblinoso, poco usual en junio, pero acabó convirtiéndose en un bonito día de verano. Serge había organizado un viaje en globo por encima del Loira, y una estancia de una noche en un castillo privado que, según le explicó, era de unos amigos que se lo prestaban. Clementine había dejado de pellizcarse, pero estar apoyada en la barandilla de piedra de aquel castillo del siglo XVI, bebiendo champán con su amante ruso, era algo que no se le iba a olvidar fácilmente. Y así se lo dijo.

–Entonces he conseguido ser memorable, Clementine –contestó él.

–No puedo imaginarme nada más perfecto. Creo que no olvidaré esto mientras viva –soltó un gritito y cerró los ojos–. Oh, Dios. No puedo creer que haya dicho eso. Ha sonado de lo más inoportuno.

El champán le había soltado la lengua. Serge advirtió que acababa de terminarse la segunda copa.

–Ha sonado muy dulce.

–¡Peor! –se carcajeó–. Créeme, ninguna mujer quiere que digan de ella que es dulce.

–Entonces increíblemente sexy –le quitó la copa y deslizó las manos por sus caderas–. Es hora de irse a la cama, Clementine.

–Aún es pronto, Serge –bromeó ella.

–Sí, pero va a ser una noche larga.

Era increíblemente habilidoso, pensaba Clementine a la mañana siguiente mientras desayunaba en la terraza del dormitorio, contemplando el bosque que se extendía ante sus ojos.

La noche anterior Serge se había mostrado romántico, incluso cuidadoso, buscando complacerla en cada momento. Pero ella sabía lo diferente que podía ser si se dejaba llevar, si se permitía sentir algo más que satisfacción sexual. Habría sido su mejor regalo de cumpleaños, sentirse parte de él durante unos segundos. Pero no iba a suceder, y ella no sabía cómo cambiar eso.

Serge se reunió con ella allí, vestido con un atuendo ligeramente formal, como si su regreso a París exigiera un mínimo de estilo. Clementine se sentía algo inapropiada a su lado, con la bata y el pelo sin cepillar, pero tenía un bonito vestido de chiffon que iba a ponerse aquel día, junto con sus nuevos pendientes.

¿Era su imaginación o Serge parecía algo distante aquella mañana? Se había levantado antes de que ella se despertara, y Clementine no había podido evitar recordar aquella mañana en Nueva York, pero después había pensado en lo maravillosos que estaban siendo los últimos días y que no merecía la pena preocuparse.

–¿Qué sucede, *kisa*?

–¿Podemos hablar de lo de anoche? –preguntó ella–. Fue increíble, pero... ¿hay algo que deba hacer? ¿Algo que desees de mí?

–¿Qué crees que deberías hacer, Clementine?

–No lo sé. A veces pareces algo distante, cuando estamos juntos, y quiero hablar de ello.

–Sí, bueno, algunas cosas pueden hablarse hasta la saciedad –respondió él agarrando una tostada del plato–. Si quiera una profesional en mi cama, pagaría una.

–No estaba hablando de la técnica. Estaba hablando de emociones. Parece que ya no conectamos en ese sentido.

Él hizo un gesto de impaciencia y volvió a la habitación.

–Estás hablando en clave, Clementine. ¿Cuál es el problema? ¿Los orgasmos interminables no son suficientes?

–No se trata de eso –¿por qué estaba enfadándose?

Comprendía que los hombres podían ponerse susceptibles con esos temas, así que se levantó y fue con él, deslizó los brazos por su cintura y apoyó la mejilla en su espalda.

–El sexo no es solo un orgasmo, Serge. Lo sabes tan bien como yo.

–Entre nosotros sí, lo es.

–¿Qué? –Clementine lanzó una risa nerviosa y apartó los brazos de su cintura.

–Clementine –dijo él–, todo esto es muy romántico, pero siempre hemos tenido una relación basada en el sexo. Eres una chica increíble, y soy un hombre muy afortunado, pero no va más allá de eso.

–¿Estás rompiendo conmigo? –preguntó ella con una voz que ni siquiera reconocía–. ¿Me has traído a París para romper conmigo?

–Dios, no. Pero sabes que esto terminará. Todo termina –se acercó a ella y le estrechó las manos–. No voy a mentir y decirte que no significas nada para mí, porque sí que significas.

Clementine quería acurrucarse en un rincón y morirse.

Pero su orgullo no se lo permitía.

–Es bueno saberlo –dijo. Se soltó y regresó a la terraza. Él no la siguió. Probablemente sabría que quería llorar.

–Clementine, no se ha acabado.

–No –respondió ella–. Pero no me gusta hablar de ello. ¿Podemos cambiar de tema?

–Volveremos a París en una hora. No hay prisa. Pensé que te gustaría ir a Versalles. Creo que María Antonieta te gustará, Clementine.

Ella cerró los ojos. La conocía muy bien, aunque no lo suficiente para saber que estaba enamorada de él. Si lo supiera, no sería tan cruel. Probablemente seguiría mintiéndole un poco más.

Pues ella iba a mentirse a sí misma. Iba a fingir que podía estar con un hombre que nunca iba a amarla.

Al fin y al cabo, significar mucho para alguien ya era algo, ¿no?

Entonces supo lo que tenía que hacer. Reservar un vuelo de vuelta a casa. Se había acabado.

Serge estaba enfadado. No creía haber estado tan enfadado en toda su vida. Fue un enfado que le mantuvo en silencio durante el viaje de regreso a París. Podía hacerse una idea de qué era lo que mantenía en silencio a Clementine. ¿Qué esperaba? Había perdido a esa chica para siempre.

Cuando llegaron a París, Clementine comenzó a hablar de lo limpias que estaban las calles allí en comparación con Londres. Cuando hubo agotado el tema, pasó al gran tópico del clima.

—Me gustaría pasar un tiempo sola —le dijo cuando el aparcacoches se hizo cargo del vehículo—. ¿Te importa que suba sola a la habitación?

—Sí, me importa.

Ella le dirigió una mirada abrasadora y atravesó el vestíbulo del hotel. Él no corrió tras ella. Aquella rabia le hacía sentir bien, estaba justificada, y no tenía nada que ver con Clementine.

Ella había cerrado la puerta del dormitorio y se había lanzado sobre la cama. Serge la abrió de una patada.

—Fuera —dijo ella.

—Yo también duermo aquí.

—He dicho que fuera —pero él no se movió—. ¿Sabes cuál es tu problema, Serge?

—No. Infórmame.

—Eres un cerdo machista. Vives en otro siglo, y no es en el pasado.

—¿Sabes? Tenía un antepasado en el siglo XVI que tuvo quince esposas; un par para cada día de la semana. Él no tuvo problema en mantenerlas a todas una detrás de otra, pero supongo que no te había conocido a ti.

De pronto Clementine se sintió demasiado vulnerable en la cama. Sabía que Serge podría abrumarla en cuestión de segundos, no con su experiencia, sino con su masculinidad.

Sabía que podía decirle que no y él pararía. Pero el «no» no le salía, y de pronto lo único que pensaba que podía funcionar era el piel con piel.

Al tumbarse sobre ella en la cama, Serge solo sabía que el deseo se había apoderado de él, un deseo más fuerte de lo que jamás había experimentado. Necesitaba poseerla y lo haría.

Pero cuando empezó a besarla, los besos se volvieron más lentos, más profundos, prolongando el tiempo que tenían. No era una pérdida de control, no era algo frenético, y entonces entendió a qué había estado resistiéndose.

No a Clementine, ni a su pasado.

A sí mismo.

Resistiéndose a aquello de lo que era capaz y al miedo de no ser capaz de lograrlo.

Al verdadero amor; profundo y duradero.

Clementine entornó los párpados y la resistencia abandonó su cuerpo. El color invadió sus mejillas. Él le soltó el pelo y deslizó los dedos por aquella melena sedosa mientras ella le acariciaba el cuello y la espalda. Lo besó, se agarró a él y susurró su nombre.

Serge se deslizó por su cuerpo y le dio placer con la

boca hasta que ella empezó a temblar. Siguió hasta que llegó al clímax. Entonces se colocó encima y la penetró suavemente, con movimientos lentos, hasta que ella empezó a murmurar de manera incoherente, con las piernas enredadas alrededor de su cintura. El roce de sus pechos subiendo y bajando entre ellos, el calor de su aliento en el cuello, era casi demasiado bueno para soportarlo.

–Mi hermosa Clementine –susurró él sin dejar de mirarla–. La chica más hermosa que he conocido.

A Clementine se le llenaron los ojos de lágrimas. Él le besó los párpados y atrapó las lágrimas con la lengua.

–Mi dulce Clementine.

Ella levantó las caderas, echó la cabeza hacia atrás y gimió mientras sus músculos internos se cerraban en torno a él. Serge se dejó llevar con un gemido de satisfacción, sintiendo el placer recorriendo todo su cuerpo con fuerza. Pero no fue suficiente. Deseaba más de ella. La poseyó dos veces más a lo largo de la noche, absorbiendo el calor de su cuerpo, la esencia de su piel. Hasta que la tuvo tranquila y relajada, respirando suavemente junto a él.

Clementine tomó aliento y se preguntó por qué, después de la experiencia sexual más intensa de toda su vida, no podía llenar sus pulmones de aire. Serge había sido generoso, apasionado, todo lo que ella deseaba. Salvo que no la amaba, y nunca la amaría.

Ella había estado equivocada desde el principio. Nunca la había visto como una mujer distinta a las demás. Clementine no iba a confundir su ternura durante el sexo con sentimientos que no tenía.

Las lágrimas le inundaron los ojos y resbalaron por sus mejillas. Serge la abrazó con fuerza contra su pecho, pero eso solo le recordó lo que había perdido.

—No llores, mi dulce Clementine, no llores —murmuró—. Dime qué pasa.

—No quiero que termine —respondió ella entre sollozos, incapaz de seguir ocultando sus sentimientos.

—No se ha terminado. Escúchame, Clementine, nada se ha terminado.

Clementine no podía hacerlo. No podía decirle lo que sentía cuando no sería correspondida. Así que dejó que la abrazara mientras la consolaba en ruso.

Se quedó allí tumbada largo rato, hasta que supo por su respiración profunda que se había quedado dormido. Ni siquiera eran las nueve de la noche, pero a ella le parecía mucho más tarde. Le parecía un día interminable.

Ya se había enfrentado a aquello con diecisiete años, sabiendo que la única manera de liberarse de sus emociones era marcharse y empezar una nueva vida.

Ahora tenía veintiséis y debería ser más fácil, pero no lo era. El dolor estaba destrozándola con sus garras, y cuanto más se quedara en aquella cama, más le costaría levantarse e irse.

Finalmente se levantó, se vistió sin hacer ruido, hizo la maleta con su ropa antigua y se sentó a escribirle una nota a Serge.

No sabía qué decir, así que acabó escribiendo su nombre. Clementine. Un nombre que añadir a una larga lista. Dejó la nota sobre la mesilla y miró a Serge una última vez.

—Me olvidaré de ti, Serge Marinov —susurró.

Tenía que protegerse. Era hora de irse.

Capítulo 12

LAS LUCES brillantes del aeropuerto Charles de Gaulle le quemaban en los ojos a Clementine. Hizo una parada en la farmacia y se compró unas gafas de sol baratas, un antifaz para el vuelo y unas aspirinas.

Se había acabado realmente. Era hora de seguir con su vida.

Mientras caminaba por el pasillo del avión hacia su asiento en clase turista, recordó el jet privado, y volvió a pensar en lo irreal que había sido su tiempo con Serge.

En menos de dos horas volvería a estar en su hogar adoptivo y la vida empezaría de nuevo; más o menos como era cuando se marchó meses atrás.

En cuanto su cabeza tocó el respaldo del asiento, cerró los ojos. El ruido del avión dejó de molestarle cuando el cansancio emocional de los últimos días se apoderó de ella e hizo que se quedara dormida.

Eran las cinco de la mañana cuando Clementine salió del aeropuerto con su equipaje. Se preguntó cómo iba a conseguir un taxi; pensó brevemente en llamar a Luke, hasta que se dio cuenta de la hora. La gente la empujó cuando se detuvo en seco, pero tenía una maleta, un bulto de mano y un bolso, y solo dos brazos. Buscó el monedero en su bolso para comprarse un café.

Necesitaba un descanso antes de pensar en cómo volver a casa.

Por el rabillo del ojo vio que la maleta desaparecía de su ángulo de visión.

–¡Eh! –gritó mientras se daba la vuelta, y se encontró con un hombre de metro noventa y cinco. Se sintió confusa. Él agarró el equipaje de mano bajo el brazo y echó a andar–. ¡Serge!

Por un momento se quedó inmóvil mientras él se alejaba con sus pertenencias.

–¡Serge! –salió corriendo tras él–. ¡Espera! ¿Qué estás haciendo? ¡Para! –se lanzó contra su espalda en cuanto él se detuvo en seco, y aterrizó contra sus hombros.

Serge dejó el equipaje en el suelo y se dio la vuelta con expresión feroz.

–*Da* –dijo–. Es agradable que me persigas tú a mí para variar. ¿Cómo se siente, Clementine?

–¿Cómo has llegado aquí? –era la pregunta menos importante de todas, pero su cerebro parecía haber sufrido un cortocircuito.

–Te gusta huir, ¿verdad? Desde que me fijé en ti he estado persiguiéndote. ¿Por qué iba a ser diferente ahora?

–No estoy huyendo. He vuelto a casa. Las vacaciones se han terminado, Serge. Lo dejaste muy claro. Me llevaste a París para romper conmigo. El momento más romántico de toda mi vida y tú lo has destrozado.

–Esa no era mi intención –dijo él con la voz rasgada–. Por favor, Clementine, créeme. Nunca fue mi intención hacerte daño.

–Ve a buscarte otra chica, Serge –dijo ella–. Estoy segura de que tienes a miles de mujeres solas en Nueva York que estarían encantadas de ocupar mi lugar.

Él estiró el brazo para alcanzarla y de pronto Clementine vio la turbulencia en su interior, junto con algo más. Algo más tierno, algo que habían provocado sus palabras.

–¿De dónde te sacas eso? ¿Cuándo he mirado a otra mujer desde que te conozco?

–Tienes cierto historial, Serge. ¿Crees que estaba viviendo en una burbuja en Nueva York? Allá donde iba, oía hablar de las mujeres cabezas huecas con las que salías. Así es como eres con las mujeres.

–Contigo no, Clementine.

–Estábamos teniendo sexo, Serge. Sexo. Eso era todo. Tú mismo me lo dijiste. ¿Cómo voy a sentirme? ¿Cómo voy a afrontarlo? Yo no tengo aventuras esporádicas. No estoy hecha para eso.

–Sé que no.

–No voy a volver contigo, Serge. Se acabó.

Serge le agarró la mano.

–No –no era un ruego. No era una petición. Era una declaración. No.

–Supéralo, chico rico –respondió ella zafándose de su mano–. No eres tan irresistible.

Él no se movió, y de pronto Clementine quiso que supiera el daño que le había hecho, pero también que no era tan especial.

–Conocí a otro hombre como tú, Serge, hace un año. Un tipo rico que creía que podía comprarlo todo con su dinero. Salió conmigo durante seis semanas. Me compraba vestidos, me pedía que me pusiera joyas que me había prestado, y después me ofreció un apartamento porque no quería vivir a lo pobre en mi piso. El problema es que estaba prometido y a mí me quería como amante. Otro tipo en busca de sexo sin compromiso con una chica fácil. Salvo que no me acosté con él. Porque para mí significa algo compartir mi cuerpo, Serge. Y la única razón por la que te cuento esto es para que comprendas a lo que me arriesgaba cuando me fui contigo a Nueva York.

—Clementine...

Le oyó decir su nombre, pero siguió hablando, llena de emoción, sin saber ya lo que estaba diciendo, y sin importarle.

—Durante un año no he salido con nadie, hasta que te conocí a ti y me arriesgué. Tienes el perfil, Serge. Dinero, carisma. Eres el tipo de hombre que puede comprar el mundo. Pero yo pensé: «Es un buen tipo. Debería ver más allá de la superficie». Pero al final, Serge, eres peor que él, porque tú me hiciste creer que te importaba. Lo único que hizo el otro fue dejarme por tonta.

Serge se quedó callado unos segundos.

—Deberías habérmelo dicho.

—Te lo estoy diciendo ahora. Yo solo quería tener una cita. Quería ser una chica normal para variar. Una chica que tiene citas en vez de proposiciones.

—Yo nunca te he hecho una proposición.

—Desde luego que sí. Me pediste que fuera contigo a Nueva York y lo primero que pensé fue: «Genial, otro imbécil». ¿Y sabes qué? Tenía razón.

—Nos quedamos sin tiempo —dijo él.

—Lo sé. Y por eso dije que sí. Porque pensé que tal vez debía concederte el beneficio de la duda. Pensé que me veías a mí, Serge. A la verdadera yo. Tonta de mí.

—Claro que te veo —Serge le acarició la mejilla—. Claro que te veo.

—No, no me ves en absoluto. Lo que ves es lo que ven los demás; a la sexy Clementine que va provocando. Ayer mismo lo dejaste bien claro. Dijiste que era solo sexo.

—Eso no es cierto, Clementine. Te mentí.

Entonces se quedó muy quieta.

–Yo no quería sentir eso por ti –dijo él–. Mis padres tenían pasión en su matrimonio, Clementine, y eso excluyó todo lo demás. Mi padre creía que amar significaba aniquilar a la otra persona. Yo prometí que nunca sería así, y cada vez que empezaba a acercarme a una mujer, me apartaba. Hasta que te conocí. Todo en ti ha sido diferente. Desde el momento en que te vi en aquella tienda, cuando vi tu sonrisa. Era como volver a ser un niño, siguiéndote por la calle. Y, cuando no me dejaste cuidar de ti, me quedé perplejo. No podía dejarte allí. Y desde entonces he estado persiguiéndote.

Ella simplemente parpadeó.

–Estoy enamorado de ti, Clementine.

Clementine sitió que le fallaban las piernas. Se sentó sobre su maleta y Serge se arrodilló a su lado.

–¿Entonces por qué me ahuyentaste? –preguntó en un susurro, sin poder creer lo que estaba oyendo.

–Porque tenía miedo. No quería ser como mi padre. No quería destruir a la mujer a la que amaba. Pero cuando me he despertado y he visto que te habías ido, he sabido que había destruido lo que teníamos. He sido igual que mi padre.

Le agarró las manos y las mantuvo allí, prisioneras, en un gesto extrañamente formal que la conmovió.

–Dices que no te veo, Clementine, pero sí lo hago. Porque somos parecidos. Yo veo a una chica que lleva sola demasiado tiempo. Veo a una chica que se arriesga y no todo le sale bien. Veo a una chica que, cuando se asusta, huye. Yo no voy a dejar que huyas de mí, Clementine. Te perseguiré hasta el fin del mundo si hace falta. Te quiero. Siempre te querré. Soy un Marinov, y así es como queremos a nuestras mujeres –le soltó las manos y le rodeó la cintura con los brazos para acercarse más a ella–. He estado en un infierno, Clementine, porque sabía que te había ahuyentado. En el castillo quise poder retirar mis palabras. En el coche, también quise hacerlo. Intenté demostrártelo en el hotel, pero no fue suficiente. Cuando me desperté y vi que no estabas, supe que no era suficiente. No te di las palabras que necesitabas porque me resultaba difícil decirlas; porque sabía que, cuando las dijera, no habría marcha atrás. Para siempre. ¿Comprendes que es para siempre, Clementine?

Clementine sintió un torrente de emociones desbordando las murallas que había levantado para protegerse. Le colocó una mano en el pecho y dijo:

–Por favor, Serge, no digas eso.

–Quédate conmigo, Clementine. Quiéreme. Sé mía.

–Primero quiero saber cómo sería eso de ser tuya –dijo ella–. Porque yo valoro mi independencia, Serge.

–Te diré lo que deseo –dijo él–. Deseo vivir contigo y trabajar a tu lado, y llenar nuestra casa de amigos y de familia, y tener hijos contigo. Lo quiero todo. Pero no sé qué es lo que tú quieres, Clementine.

–Una vez me dijiste que no querías tener hijos.

–Clementine, he dicho muchas cosas que desearía que no hubieras oído. Cuando mi padre murió, dejó tras de sí un enorme caos. Yo me prometí no hacer eso jamás, pero he estado viviendo la vida a medias hasta que te conocí. Quiero vivir por completo, disfrutar del momento, y quiero tener hijos contigo, envejecer contigo.

–Yo me arriesgué y me metí en esa limusina contigo hace semanas –contestó ella tímidamente–. No veo por qué no iba a volver a arriesgarme ahora.

–Olvídate de la limusina. Cruzaste medio mundo con un hombre al que apenas conocías. Pero no debes volver a hacer eso nunca. ¿Tienes idea de lo peligroso que es?

–Para mí nunca has sido peligroso, Serge. Siempre me siento a salvo contigo.

–Quiero que te sientas a salvo. Quiero cuidar de ti, Clementine. No quiero que estés sola en el mundo. Me muero solo de pensarlo.

–Entonces no lo pienses.

Serge la levantó de la maleta con una sonrisa y le dio un beso.

Ella le rodeó el cuello con los brazos para fraguar con su cuerpo la conexión física que había existido entre ellos desde el principio. Pero ahora sabía lo que escondía aquello; el vínculo emocional que compartían y que había culminado el día anterior, cuando Serge se había tumbado encima de ella y le había demostrado que la amaba porque no tenía las palabras para expresarlo.

–Clementine Chevalier, ¿quieres ser mi esposa?

–Sí, claro que sí. ¿Acaso lo has dudado alguna vez?

Serge comenzó a reírse.

–¿Qué te hace tanta gracia?

–Mi esquiva Clementine. ¿Acaso lo he dudado? Pero al fin te tengo.

–Siempre me has tenido, Serge. Solo tenías que pedírmelo.

–Ahora te lo estoy pidiendo, *moya lyubov*.

Mi amor.

Clementine sintió un vuelco en el corazón y los ojos se le llenaron de lágrimas. Serge la tomó en brazos y la besó.

–Vamos –dijo él con gran satisfacción–. Busquemos un hotel. Quiero estar a solas contigo.